엄마가
필요해

엄마가 필요해

초판 2쇄 발행 2019년 1월 15일
초판 1쇄 발행 2018년 8월 20일

지은이 은수 / **펴낸이** 배충현 / **펴낸곳** 갈라북스 / **출판등록** 2011년 9월 19일(제2015-000098호) / 경기도 고양시 덕양구 중앙로 542, 903호(행신동) / **전화** (031)970-9102 / **팩스** (031)970-9103 / **홈페이지** www.galabooks.net / **페이스북** www.facebook.com/bookgala / **전자우편** galabooks@naver.com / **ISBN** 979-11-86518-25-0 (03810)

이 도서의 국립중앙도서관 출판예정도서목록(CIP)은 서지정보유통지원시스템 홈페이지(http://seoji.nl.go.kr)와 국가자료공동목록시스템(http://www.nl.go.kr/kolisnet)에서 이용하실 수 있습니다. (CIP제어번호 : CIP2018021534)

사춘기 엄마 에세이

엄마가
필요해

◉ 은수 지음

갈라북스

갱년기 엄마,
사춘기 딸

난파선이다. 엄마는 갱년기가 다가오고 딸은 사춘기가 왔다. 아이들이 웬만큼 컸다고 생각하고 사회로 눈을 돌리는 순간, 엄마는 자신이 중년의 대열에 합류한 걸 뒤늦게 자각했다. 이제 아이들도 웬만큼 키웠다고 생각하고 사회로 손을 내밀었지만 원하는 이들이 선뜻 잡아주지 않았다. 허망했다. 아이는 아이대로 요동치는 사춘기의 마음을 어찌할 줄 모르고 방황하고 나는 나대로 공허한 마음을 둘 데 없어 공연히 화를 냈다. 날이면 날마다 집에서는 큰소리가 났다. 우리 가정은 어디로 가야하는지 조타기를 놓친 선원 때문에 이리저리 휘둘리는 배와 같았다.

뒤늦게 억울함이 밀려들었다. 결혼과 동시에 직장을 접고 낯선 곳으로 왔다. 연고지도 아닌 곳에서 혼자 두 아이를 키우느라 찬물에 밥 말아 먹은 적이 한두 번이 아니었다. 내 나름대로 많이 배우고 직장에서도 유능한 인재로 대우받았던 시절이 있었는데 아이들 키우느라 정신없는 세월을 보내고, 문득 거울을 보니 갱년기 아줌마가 되어 있는 것이다. 물론 그동안 일을 완전히 쉰 것은 아니지만 육아, 살림과 병행할 수 있는 일의 범위를 벗어나지 않다 보니 특화된 경력이 되지는 못했다.

언제부턴가 커피 마시자고 하는 주변 엄마들이 없으면 말할 상대도 없는 상황이 되었다. 사회적 관계도, 성취도, 커리어도 '엄마'가 되었기에 다 잃었다는 상실감이 밀려들었다. 시부모님은 "네가 남편 잘 만났지"라고 하시지만 그 소리가 참 듣기 싫었다. 성실하고 능력 있는 가장이지만 그것이 '나의 성취는 될 수 없다'는 생각이 들었다. 완벽하게 사모님도 아니고 그렇다고 억척스러운 아줌마도 될 수 없는 어정쩡한 위치에서 마주하는 사람들은 서늘했다. 자신에게 이득이 되냐 안 되냐를 두고 자로 잰 듯 계산을 했다. 어디에도 온전하게 낄 수 없는 처지가 서글펐다.

세상 어느 구석에도 정을 못 붙이고 끝없는 우울의 늪에 빠지기 시작했다. 아무것도 없는 내일이 오는 게 두려웠다. 그런 와중에 딸 아이에게 사춘기가 왔다. 그렇지 않아도 예민한 성격이던 아이는 더욱 마음을 잡지 못하고 힘들어 했다. 엎친 데 덮친 격으로 아이가 따돌림을 당하기 시작했다. 무슨 무슨 박사님이나 유명 강사가 쓴 육아서에서는 사춘기 아이들의 뇌 구조가 어떻다며 이렇게 다루고 저렇게 키우면 된다고 말하지만 한번쯤 묻고 싶다. 현재 진행형으로 따돌림 당하고 방황하고 있는 자녀를 키우고 있냐고. 이 고통은 겪어본 엄마만이 짐작할 수 있으리라.

출구가 필요했다. 결혼한 걸 후회하고 엄마가 되어 입은 손해를 헤아리느라 정작 내 아이 앞에 드리워진 먹구름을 애써 외면하고 있었던 건 아닌지 생각했다. 엄마는 아이들에게 우주다. 엄마가 흔들리고 허물어져 가고 있는 마당에 아이들이 잘 크기를 기대할 수는 없는 노릇이다. 내가 우울의 나락에 빠진 사이에 아이는 더 큰 고통에 휘말리게 되었다는 생각을 지울 수 없었다. 엄마인 나는 일어나야 했다. 아이를 위해서 일단 내가 중심을 잡아야 했다. 내가 갈망하는 삶의 실체가 있기나 한 걸까? 사회적인 이목에 휘둘려 내 삶을 스스로 비하하고 있는 건 아닌가? 돌아봐야 했다.

원래 좋아했지만 살림과 육아로 인해 멀어진 글을 다시 쓰기 시작했다. 아니 쓴다기보다 글에 매달렸다. 글을 써서 내가 바뀌지 않으면 우리 가족은 정말 난파선으로 끝날 판이었다. 다시 항로를 잡고 돛을 올려야 했다. 매일 매일 쓰기 시작했다. 쓰다 보니 갱년기 엄마가 이를 악물고 사춘기 딸을 키우면서 보게 되는 세상 풍경도 담게 되었다. 내 우울함과 분노의 감정이 어디에서 비롯된 건지 기억 저편의 이야기까지 샅샅이 꺼내서 살펴봤다. 기억을 들춰내다 보니 왜 그토록 '엄마' 노릇을 억울해 하며 뒤늦게 화를 내고 상실감을 느끼는지, 퍼즐을 맞추듯 깨닫게 되었다. 사춘기 딸이 사방팔방에서 오는 시련을 매순간 힘겹게 뛰어넘으며 얼마나 발버둥치고 있는지도.

갱년기 엄마와 사춘기 딸 아이를 둘러싼 세상은 사실 그다지 녹록지 않다. 이 사회는 특별한 재력이나 지위, 전문가 자격을 갖지 못한 중년의 엄마에게 우호적이지 않다. 경쟁 일변도의 교육 구조 속에 내몰린 사춘기 아이의 방황도 용납되지 않는다. 그럼에도 불구하고 갱년기 엄마와 사춘기 딸은 복병처럼 숨어있는 어려움을 헤치며 한발 한발 전진한다. 사회적으로 좀 인정받지 못하더라도 엄마는 '나는 괜찮은 사람이야'라고 자기의 가치를 재발견하고, 다수의 아이들과 친하게 지내지 못하더라도 딸은 자기가 존엄한 존재라는 걸 잊지 않는다.

이 책이 내 뜻과는 무관하게 찾아오는 마음의 절벽을 뛰어넘는 데 조그만 힘이라도 된다면 바랄 게 없겠다. 또 현재 사춘기 아이를 키우면서 깊은 한숨을 쉬고 있는 엄마들이 나와 차 한 잔 나누며 숨 고르는 시간으로 느껴준다면 감사할 것이다.

| 차 례 |

들어가는 글   4

1부
엄마의 위기

꿈   15

부엌을 선택한 '그 많던 여학생들'은 지금   23

흔들리는 중년의 부부   32

엄마의 청년시절 취업기   41

고시 낭인, 그 이후의 삶   48

중년, 그녀들의 수다   56

열 권의 책? 한 번의 상담!   65

엄마 된 것을 후회?   74

다시 태어나면 결혼 같은 건 하지 않겠어   83

소시민과 중산층, 그 사이에서   91

2부
내 아이의 사춘기

네가 아플 때   101

네가 던진 '마법의 봉'   109

네가 가진 취미를 응원하기까지   117

네가 이상한 게 아니야   126

네가 '을'이 될지라도   134

네가 세상과 타인의 시선에서 자유롭길   143

네가 커서 '겨우' 내가 된다면   152

네가 함께 한 여행   161

3부
갱년기 엄마의 마음 수련

저는 못난 며느리가 아닙니다만   173

'반지'보다 '보증서'가 중요한 사람들   183

20대 학원 강사에게는 보이지 않았던 것들   191

엄마들 모임에 권력 관계가 있다? 없다?   200

바나나 한 개를 품에 넣어 온 아버지   209

겉치레, 옷치레, 인사치레   218

그래도 내 인생 최고의 육아서는 우리 엄마   227

정 붙일 곳이 없다고요?   235

4부
그렇게 엄마가 된다 오늘을 산다

사춘기 아이가 갱년기 엄마를 키운다   247

어느 날 풋사랑을 돌아보니   255

그리고 세상 밖으로 조금씩   261

무언가를 소망하는 게 두렵다면   267

직장이 없더라도, '경력 단절녀'라도   275

나오는 글   284

1 부

엄마의 위기

꿈

"좋은 직장에 계셨는데 왜 그만 두셨어요?"

이력서를 훑어보던 학원장이 묻는다.

"주말 부부를 할 수 없어서 서울에서 지방으로 내려왔어요"
"그랬구나. 아깝네. 들어가기 그렇게 힘들다는 공공기관이
었는데."

이력서를 낼 때마다 듣는 단골 질문이다. 빨간 캐시미어 조
끼를 입고, 나이에 비해 매끈한 피부를 가진 학원장이 눈웃음

을 짓는다. 그러면서 제시한 월급은 내가 그 '좋은 직장'에 다닐 때 받던 액수에 훨씬 못 미치는 금액이다. 10년도 훨씬 전에 다녔던 직장인데. '경력 단절녀'의 비애를 느끼는 순간이다.

그렇다. 현재 나의 위치를 사회에선 '경력 단절녀'라고 일컫는다.

경력이 단절된 40대 중반의 주부가 할 수 있는 일은 참 많지 않다. 특별한 전문기술이나 자격을 갖고 있는 것도 아닌한. 물론 그동안 기간제 교사와 같은 임시직을 하는 등 일을 쉬었던 것은 아니지만 항상 살림과 육아를 병행하면서 할 수 있는 일을 찾다 보니 정말 내가 원하는 일을 했다는 생각은 들지 않았다.

최근에 베스트셀러로 떠오른 어떤 책을 읽다 보니 마치 나의 30대를 보는 듯했다. 작품 속 인물이 결혼과 동시에 육아와 살림이란 짐을 메느라 사회 활동을 놓을 수밖에 없는 과정이 세밀하게 묘사되어 있었다. 아기를 낳고 키운 여자들 대부분은 읽으면서 정말 수십 번 고개를 끄덕이게 되는 책이다. 여자들이 어떻게 결혼과 출산의 과정을 거치고 그 과정에서 왜 자신의 직업을 포기하게 되는지, 이 사회가 아이 낳고 키우는 여자들에게 어떻게 가혹한지 구구절절이 나온다. 아기 키우느라 정신없는 이 30대를 지나면, 어느 날부터 엄마 손을 필요로 하지 않는 아이들의 뒷모습을 보고 문득 정신이 드는 40대가 찾아온다. 이제 조금 사회 활동이 가능하겠구나 싶어서 여기저기 문을 두드려도 돌아오는 건 나이 많은 사람이라는 싸늘한 시선이다.

서류 통과되기도 힘든데 그나마 오늘처럼 면접 보러 오라고 하는 데는 근무 조건이 별로 좋지 않거나 경제적인 만족도가 낮은 직장이다. 책 속 인물이 항변한 것처럼 사회적 관계도, 자아실현도, 그간 쌓아온 커리어도 다 포기하고 아이들을 키운 대가치고는 참 야박하다.

내가 대학교 다닐 때에는 공지영 작가의 『무소의 뿔처럼 혼자서 가라』가 필독서였다. 대학 동창인 세 여성이 일과 사랑 사이에서, 여성의 주체적 삶과 가부장적 세계관 사이에서 방황하고 아파하는 이야기였다. 그때 책을 읽으며 '나는 절대 이렇게 살지 말아야지.' 생각했는데 어느새 내가 그 삶을 답습하고 있는 기분이다.

힘들게 들어간 직장을 남편과 결혼하면서 그만 두고 낯선 곳에 내려와 10여 년간 '독박육아'를 하고 보니 불러주는 사람 없는 '경력 단절녀'가 되어 있다.

나는 잘못 살아온 걸까? 치열하지 못했던 걸까? '착한 여자

콤플렉스'에 빠져 직장을 그만 두고 내려오라는 남편의 제안에 너무 고분고분 응한 걸까? 한 순간도 게으르게 산 적은 없었노라 자부하는데 어디서부터 잘못된 걸까?

면접을 마치고 온갖 상념에 젖는다. 씁쓸한 마음으로 집에 돌아왔는데 작은아이 영어학원 선생님에게 전화가 왔다.

"어머니, 00이가 아직 안 왔어요."

"네? 아직도요?"

이제 초등학교 3학년인 아이. 학교에서 끝난 지 1시간이 넘었는데 아직도 안 오다니. 퍼뜩 정신이 든다. 부랴부랴 아이에게 전화를 했지만 받지 않는다. 다이얼을 누르고 또 눌렀지만 받지 않는다. 엄마에게 이야기도 없이 어디에 가서 논 적이 한 번도 없는 아이다. 더구나 학원을 말없이 빠진다는 건 상상도 안 해본 아이다. 학교 운동장으로 달려가 보았지만 아이는 보이지 않는다. 교실에도 가본다. 역시 없다. 가슴이 두근대기 시작했다. 남편한테 전화를 걸었다.

"00이가 학원에 안 왔대. 학교 끝난 지 1시간이 넘었는데…. 말없이 어디 갈 애도 아닌데. 전화도 안 되고."

"침착해, 침착해. 어디선가 놀고 있을지 몰라. 친구들한테도 전화해 보고."

이 친구, 저 친구에게 전화해 봤지만 아이를 봤다는 얘기가 없다. 머리가 하얘진다. 길바닥에 뒹구는 낙엽마저 공포스럽게 느껴진다. 경찰서 지구대로 발걸음을 옮긴다. 아이가 오늘 무슨 옷을 입고 갔더라? 머릿속이 어지러운데 울려오는 전화.

"엄마, 전화했어?"

왈칵 눈물이 난다.

"어떻게 된 거야? 학원에도 안 가고, 전화도 안 받고?"

"미안, 애들이랑 한참 재미있게 노느라 까먹었어."

"엄마한테 전화는 왜 안 했어?"

"엄마 오늘 학원에 면접 보러 간다고 했잖아. 면접 보는데 전화벨 울리면 방해 될 것 같아서."

코끝이 찡해진다. 서둘러 아이가 있는 공원으로 발걸음을 옮기며 남편에게 전화를 했다.

"찾았어!"

"찾았어? 어디 있었어?"

"공원에서 아이들이랑 놀고 있었대."

"다행이다. 얼마나 놀랐는지 알아?"

남편의 목소리가 떨린다. 침착한 척 했지만 사실 남편도 많이 놀랐나 보다.

공원에서 만난 아이 손에 붕어빵을 들려 집으로 오는 길. 어느새 어둑어둑해진 하늘. '경력 단절녀'의 자화상이 아프게 파고드는 날. 내 곁에서 작은 입으로 붕어빵을 맛있게 오물 거리는 아이를 보니 이런 아이를 두고 나갈 수가 없었던 지난 시절이 떠오른다.

큰아이가 일곱 살, 작은아이가 세 살 때 잠시 학교에 기간 제 교사로 나갔었다. 아침마다 엄마 학교 가지 말라며 울던 큰아이와 내 품에 잠시라도 더 안겨 있으려 했던 작은아이. 그 작고 보드라운 손으로 내 목을 꼭 끌어안고 놓지 않으려 했다. 억지로 아이들을 떼어놓고 학교로 향하던 발걸음은 무 겁기만 했다. 집에만 있던 엄마가 학교를 나가기 시작하니 큰 아이는 극도로 짜증이 늘기 시작하는 등 정서적으로 무척 불 안해 보였다. 이런 상황이고 보니 그나마 기간이 정해진 기간 제 근무인 게 다행으로 느껴졌다. 그때 아이들 곁에 있어야 한다고 다짐했던 것 같다.

혹자는 그 기간을 독하게 버티고 나오면 된다고 했다. 그 말대로 애들 어릴 때, 불러주는 데가 있을 때, 조금 더 적극적 으로 집을 박차고 나왔으면 지금은 더 안정된 직장에 다닐 수 있었을지도 모르겠다. 하지만 세상의 수많은 능력 있는 엄마들이 이렇게 붕어빵을 맛있게 먹고 있는 사랑스러운 아이를 두고 나갈 수가 없어 스스로 '경력 단절녀'의 길을 선택한다.

해도 해도 티가 안 나는 집안일, 그러나 안 하면 확 티가 나는 집안일. 보상도 인정도 받지 못하는 집안일을 기꺼운 마음으로 해내며 아이들의 뒤치다꺼리를 한다. '집에서 노는 사람' 취급을 받을 때면 입술을 지그시 깨물기도 하지만 그런 시선에 익숙해지기도 한다.

나 또한 결혼과 출산, 육아의 터널을 지나오면서 몇 번의 일할 기회를 그렇게 놓치고 아이들을 선택했다. '워킹맘'에 대한 사회적 지원이 지금도 미비하지만 그때는 더 허술했던 시절이다. 친정이나 시댁 가족 아무도 곁에 살지 않은 상황에서 아이들을 놓을 수 없었다.

이제 아이들이 웬만큼 커서 엄마 손을 필요로 하지 않는다고 생각했는데 오늘 같은 일이 일어나면 여전히 불안하다. 만약 직장에 있는데 아이가 한 시간째 학원에 오지 않았다는 전화를 받았다면 어땠을까? 침착하게 기다릴 수 있었을까? 생각할수록 자신이 없다. 도와줄 사람 하나 없이 나 혼자 아이들을 밀착해서 키우다가 갑자기 놓아버리는 것이 쉽지 않고 아직은 그럴 때가 아니라는 생각이 든다. 아이들을 완전히 놓아도 될 때쯤이면 내가 너무 나이가 많아져 있을 거라는 계산을 안 해 본 바는 아니지만 몇 번을 다시 생각해도 우선 순위는 아이들이었다.

'경력 단절녀.' 이 이름은 내가 선택한 거다. 내세울 것도 없지만 그다지 부끄러울 것도 없는 이름이다. 아니, 오히려 당당할 수도 있다. '비정상회담'에 출연했던 독일인 다니엘은 칼럼을 통해 '경력 단절녀'를 '나미살녀'나라의 미래를 살린 여성라고 부르자고 제안하기도 하지 않았던가. 우리 사회처럼 '육아'의 가치를 인색하게 매기는 분위기 속에서도, 엄마 손이 필요한 아이들 곁에 뚝심 있게 버텨 준 것만으로 아이들에게 힘이 될 수도 있을 것이다.

가지 않은 길을 두고 회한에 젖어 나를 괴롭힌들 무엇하랴. 너무나 작은 내 아이들의 작은 손을 놓을 수 없어서, 현관에서 안 떨어지는 발걸음을 집으로 돌린 건데. 젊은 시절 꿈은 현관 앞에서 고이 날려 보내고 말이다.

부엌을 선택한 '그 많던 여학생들'은 지금

문정희 시인의 『그 많던 여학생들은 어디로 갔는가』라는 시가 있다. '학창 시절 공부도 잘 하고 특별활동에도 뛰어나던 그녀'들, 크고 넓은 세상에 끼지 못하고 어디에서 무얼 하고 있는지 묻는 내용이다.

시인을 만나서 '제가 그 여학생입니다만' 하고 말을 걸고 싶은 심정이다. "뭘 하고 있냐?"고 물으면 구구절절이 할 말이 많을 것 같다. 눈 뜨자마자 부엌으로 가서는, 아침에 입맛 없어 하는 가족들을 위해 다양한 메뉴로 아침 상을 차리고 학교로, 회사로 아이들과 남편을 보낸다. 후다닥 청소와 설거지를 마친 후 수영을 갔다가 동네 엄마들과 차 한잔 마시고 잠깐 숨 돌리면 금세 작은 애 올 시간이다. 오자마자 간식 찾는 아이를 위해 장을 보고 간식을 준비해 두면 아이는 종달새처럼 조잘거리며 간식을 먹고 학원에 간다. 작은아이 보내고 나면 큰아이가 돌아온다. 큰아이 챙겨주면 또 금방 저녁 차려야 할 시간. 저녁 먹이고 나면 그제야 좀 한가해져서 책 한권 들고 침대에 엎드린다.

이렇듯 소소한 일상에서도 그 나름대로 즐거움은 있다. 도톰한 수면양말을 신은 아이의 사랑스러운 곰발바닥, 동네 엄마들과 여유로운 차 한 잔 마실 때 창밖으로 보이는 가을 하늘, 수영장에서 돌아오는 길에 듣게 된 오래 전 유행가. 침대에 파묻혀 읽는 권여선의『안녕 주정뱅이』등. 콧노래를 부르게 되는 일상이 내게도 존재한다.

하지만 문정희 시인이 지적했던 것처럼 '크고 넓은 세상'에 끼지 못한 채, 세상은 빙글빙글 정신없이 돌아가면서 변화하는데 나 혼자 도태되는 건 아닌지 불안이 엄습할 때도 있다. '전업주부'가 무어 그리 죄지은 이름도 아닌데 위축될 때가 있다.

예전에 중학교에 기간제 교사로 나갈 때 나를 무척 잘 챙겨주신 나이 지긋한 음악 선생님이 있었다. 나이 차는 많이 났지만 일하면서 아이 키우는 고충도 같은 여자 입장에서 잘 이해해 주시고 '비정규직'으로서 학교에서 겪는 어려움에도 공감해 주셨다. 내가 일하는 것을 받아들이지 못하고 매일같이 눈물 바람인 큰아이 때문에 힘들어 할 때에도 진심 어린 위로를 해 주셨다. 그런데 하루는, 직장 다니는 자신의 딸이 아기를 봐줄 사람이 없어서 애를 먹고 있다며 무심코 한 마디 던지셨다.

"아유, 우리 딸 생각하면 내가 골치 아파. 똑똑한 딸을 두면 엄마가 마음 고생해. 능력 없는 딸이었으면 내가 머리 아플 일도 없지. 능력 없으면 집에서 애나 키울텐데."

나도 같이 일하는 엄마의 대열에 있다고 생각해서 한 이야기였겠지만 선생님과 나의 입장은 달랐다. 나는 언젠가는 집으로 돌아가야 하는 한시적 '직장맘'이었다. 그런 내 앞에서 '능력 없는 여자' 운운한 것은 상처가 되었다.

생판 모르는 사람에게 훈계를 들은 일도 있었다. 작은아이가 세 살 무렵이었을 거다. 유모차를 끌고 상가 엘리베이터를 기다리고 있었다. 머리끝부터 발끝까지 꽤 신경 써서 입은 우아한 할머니가 옆에 서 있다가 말을 걸었다.

"첫째예요?"

"아뇨, 둘째예요."

"첫째는 아들?"

"아뇨, 첫째도 딸이에요."

"둘다 딸이에요?"

"네."

"일해요?"

재택근무로 일하고는 있었지만 길게 이야기하고 싶지 않았다.

"아니요."

"그럼 아들 하나 낳아야겠네. 집에서 놀면 뭐 해."

기가 막혀서 할머니를 빤히 쳐다봤지만 할머니는 내 시선 따위 아랑곳하지 않고 엘리베이터가 오자 총총히 걸음을 옮겼다.

편의상 '전업맘, 직장맘, 재택근무맘'이라고 명명했을 때, 세 가지를 다 해 본 나로서는 전업맘이 제일 힘들다고 단언한다. 집에서 노는 사람들이 아니다. 물론 잠시지만 직장맘일 때도 힘들었다. 사는 게 사는 게 아니다. 정말 이리 뛰고 저리 뛰며 살아야 했다. 이 세상 직장맘들, 아픈 애 어린이집에 등

떠밀어 들여보내놓고 발걸음이 떨어지지 않았던 적이 어디한 두 번이랴. 입주 도우미를 쓰거나 친정 부모가 옆에 살면서 온갖 뒤치다꺼리를 다 해 주는, 직장맘들의 로망대로 사는 사람들도 있다. 하지만 이런 경우라도 자식 곁에 있어주지 못하는 미안함에는 큰 차이가 없을 것이다.

그럼에도 전업맘이 힘들다고 강조하는 이유는 이러한 사회적인 시선 때문이다. 능력 있는 전업맘들도 많다. 내 주위에만 해도 전문 통역사인데 집에서 아이들 키우는 데만 몰두하는 사람도 있고, 인근 연구소에 너무 괜찮은 일자리가 있었는데 하루 출근하고 그만 둔 사람도 있다. 직장에 나가느라 유치원 종일반에 아이를 맡겼더니 저녁 내내 유치원에서 아이에게 텔레비전을 보여 줬다는 것이다. 집에 와서도 텔레비전을 또 보여 달라고 조르는 아이를 보고 과감히 하루 만에 사표를 냈다. 그런가 하면 아이가 학교에서 문제 행동을 보여 직장을 포기하는 사례도 있다. 날이면 날마다 아이가 학교에서 친구를 때리거나 선생님께 반항하는 등 심각한 문제 행동을 보여서 아이와 상담 치료 센터를 다니고 밀착 지도한 끝에 아이는 많이 나아졌다. 엄마가 사표를 낸 후이다.

아직까지 우리 사회는 아이들을 돌보고 키울 때 엄마에게만 많은 짐을 지운다. 그것이 옳다 그르다를 논하며 아이 키우기를 유예할 수도 없기에 어쩔 수 없이 가정을 택하고 사회 생활을 포기하기도 한다. 아이들과 함께 하는 시간이 너무 소중해서, 그 시간을 놓칠 수 없어, 직장을 내려놓기도 한다. 단순히 능력이 없거나 놀고먹고 싶어서가 아니다.

　전업주부의 공을 인정하지 않는 건 우리 세대만의 문제는 아닌 것 같다. 체감하는 온도에 차이는 있겠지만 나의 엄마 세대도 비슷한 양상이었다. 엄마는 여자들의 대학 입학이 흔치 않던 시절, 대학교에 장학생으로 들어가셨다. 등록금은 물론 기숙사비까지 받아가며 다녔고 학과장이 대학원만 오면 교수를 시켜주겠다고 했다. 그러나 고학생 노릇이 지겨워 교사로 취직해 버린 엄마. 같은 장학생회 친구들이 교수가 되고 정치인이 되고 유명인이 되는 것을 지켜보셔야 했다. 아이를 넷이나 낳았지만 아이 봐줄 사람을 찾지 못해 결국 학교도 포기하고 집에 계셨다. 엄마는 늘 입버릇처럼 '내가 그때 학교에 계속 남아서 일하고 공부했으면 교장이나 교수도 했을 텐데' '그때 같이 있던 동료들은 지금 다들 사회에서 한 자리 하는데'라며 아쉬워 하셨다. 그러면서 집에 있는 자신을 못내 못마땅해 하며 백날 애들 키우고 살림해 봤자 아무도 인정해 주지 않는다고 한탄하셨다.

엄마가 유독 사회적 성취에 대한 욕구가 강해서 더 좌절감을 많이 느끼신 면도 있겠지만 엄마 세대에서도 일하는 여성들은 인정받는 반면, 엄마처럼 사회의 일꾼을 넷이나 키워도 전업주부들은 대우받지 못했다고 생각한다. 생각해 보면 엄마는 아침부터 밤까지 끊임없이 몸을 움직이며 잠시도 쉬지 못할 정도로 많은 집안일을 하셨는데 말이다. 그때는 학교 급식도 없어서 아이들의 도시락을 일일이 싸야 했다. 야간 자율학습까지 하는 언니들은 도시락을 두 개씩 싸가야 했으니 때로 엄마는 여섯 개의 도시락을 쌌다. 학기에 한번 가는 현장체험 학습 도시락 싸는 것도 부담스러운 내 입장에서는 엄마의 노고가 상상도 잘 안 된다. 그런 수고를 홀대하는 우리 사회.

물론 문정희 시인이 시를 통해 안타까워했듯이, 아이 키우는 여성에 대한 사회적 지원이 미비한 현실과 가부장적 가족 구조의 틈바구니에서 능력 있는 여성이 넓은 세상에 나가지 못하는 것은 안 될 일이다. 장기적으로 제도적인 개선도 필요하고 사회적인 통념도 바꾸어야 한다. 하지만 사회적 변화를 마냥 기다릴 수 없어 과감히 아이들과 가정을 선택한 여성들의 선택도 존중되어야 하지 않을까.

우리 아이들은 늘 말한다.

"엄마, 엄마 나가서 일하고 싶으면 얼마든지 그렇게 해."

"왜?"

"우리는 다 학교 가고, 아빠는 회사 가면 엄마는 쓸쓸하잖아."

하지만 조금 더 이야기가 진전되다 보면 처음과는 달라진다.

"그래? 그럼 엄마 매일 나가서 밤늦게 들어오는 학원이나 수시로 야근하는 회사에 가도 괜찮아? 그럼 엄마 돈도 많이 벌텐데?"

"얼마나 늦는데?작은애는 벌써 울상이 된다."

"글쎄? 밤 10시에 올 텐데?"

조용히 듣기만 하던 큰애가 끼어든다.

"그건 안 되겠는데? 그럼 저녁을 엄마랑 못 먹잖아."

조금 더 생각하던 작은애가 묻는다.

"엄마, 그냥 지금처럼 집에서 수업 하면 안 돼? 난 그것도 좋은데."

"요 녀석!"

웃으며 아이를 쓰다듬이 주면 아이는 내게 폭 안긴다. 속으로 생각한다. 그래, 너희를 두고 어떻게 밤 늦도록 일을 하겠니. 떠보기는 했지만 안 될 걸 알고 있다.

부엌을 선택한 여학생. 그 여학생의 선택도 존중받았으면 좋겠다. 그 선택이 떠밀리듯 한 것일지라도, 아이 키우기 척박한 환경에서 최선이 아닌 차선을 선택한 것일지라도 아이들과 가정을 지키고 싶은 진심이 훼손되지 않았으면 좋겠다.

직장에 적을 두기만 한다고 능력이 발휘되는 게 아닌 것처럼 가정에 있다고 해서 능력을 꼭 썩히는 것도 아니다. 가정의 대소사를 누루 살피고 아이들을 챙기고 키우는 것도 '종합예술'에 견줄 만큼 복합적인 능력을 필요로 한다. 직장에도 게으른 사람, 열심인 사람이 있는 것처럼 가정에도 게으른 사람, 열심인 사람이 있는 것이다. 어쩌다 눈에 띈 직무태만인 전업주부의 한두 가지 사례를 들어 '전업주부는 노는 사람'이라는 식으로 매도하는 분위기는 바뀌어야 한다.

덧붙이자면 먼 훗날, 우리 아이들이 컸을 때는 어떤 명함을 갖고 있느냐보다 가정주부든, 직장 여성이든, 자신이 어떤 행복을 추구하냐가 더 중요한 사회가 되었으면 하는 바람이다.

흔들리는 중년의 부부

　특별히 좋아하는 가수도 아니었다. 우연히 플랜카드를 보고, '콘서트'에 가본 지가 너무 오래 되었다는 생각이 들어서 예매하게 되었다. 요즘 회사 일로 지치고 힘든 남편에게 작은 선물이 될 수 있지 않을까 생각도 하면서.

　하지만 막상 콘서트 당일 저녁이 되었을 때 우리 부부는 조금 귀찮은 마음이 들어서 예약을 취소할까 고민했다. 작은아이 시험 공부도 봐줘야 하고, 자질구레한 집안일들도 해 놓아야 했기 때문이다. 침대에 누워 있던 남편이 기왕 예약해 둔 것이니 가자고 하면서 무거운 몸을 일으킨다. 마지막 콘서트 간 게 15년 전이 아니냐고 하면서.

그랬다. 결혼하기 전, 크리스마스 이브 콘서트에 간 게 우리의 마지막 콘서트였다. 콘서트 장을 들어가며 설레었던 마음, 앞자리를 차지하고 앉아 코앞에서 유명 가수를 보는 호사를 누리며 행복했던 순간이 떠올랐다. 이듬해 봄 결혼을 기약한 예비 신혼부부는 다가올 미래에 대한 두려움보다는 현재의 달콤한 설렘에 젖어 있었다.

쌓인 설거지를 뒤로 하고 아이들의 공부를 봐주지 못해 찜찜한 마음으로 나서는 지금과는 퍽 달랐다. 화장도 하지 않은 채 운동화를 신고 나서는 나를 보고 남편이 헛웃음을 짓는다.

"아니, 그래도 콘서트에 가는데…."

15년 전 콘서트 공연장을 찾을 때 한껏 멋 부리던 처녀는 온데간데없이 동네 슈퍼에 가는 차림으로 나서는, 거울 속 나를 보니 어쩐지 겸연쩍다. 애써 차려 입은 남편도 달라진 건 마찬가지이다. 희끗희끗한 머리, 피로에 젖은 얼굴, 생기 없는 발걸음. 미래에 대한 부푼 꿈으로 희망에 차 있던 청년 대신 고단한 가장의 무게로 지친 중년의 아저씨가 있었다.

공연장을 향하는 차 안에서 남편이 입을 열었다.

"15년 만이네…. 여러 가지 생각이 들어. 그때에 비해서 나는, 또 너는 더 행복한가?"

그때는 우리 앞에 꽃길만 드리워질 줄 알았다. 취직하고, 돈 벌고, 집 장만하고, 아이 낳아 키우고…. 남들 다 하는 그 과정이 겉보기에는 순탄하게만 보였다. 쉬운 줄 알았다. 월급 받는 만큼 얼마나 고되게 일해야 하는지, 보채는 아기를 등에 업고 얼마나 많은 밤을 새워야 하는지, 사춘기 자식 키우기는 또 얼마나 살얼음판 걷는 기분인지, 그런 것도 모르고 결혼했다.

돌이켜보면 남편과 나도 제법 드라마 같은 연애를 했다. 남편은 집에서 기대를 한 몸에 받는 자식이었다. 부모님 속 한 번 썩이지 않은 모범생이면서 집안에 어려운 일이 있을 때면 솔선해서 부모님을 돕는 믿음직한 장남이었다. 그런 아들을 둔 시부모님은 며느릿감에 대해서도 기대가 무척 높으셨다. 게다가 궁합이나 사주를 꽤 믿으시는 분들이었다.

나와 남편의 궁합은 좋지 않았다. 시부모님이 보시기에는 염려가 되셨나 보다. 남편에게 나와 헤어질 것을 종용하시며 때로는 화를 내고 때로는 눈물로 호소하셨다고 한다. 태어나서 한 번도 부모님 뜻을 거스른 적 없던 남편은 극심한 괴로움을 겪어야 했다. 보다 못한 내가 헤어지자고 했지만 남편은 내 손을 꼭 잡고 절대로 그럴 일은 없을 거라고 했다.

그렇게 꽤 긴 세월을 보냈다. 그 와중에 남편은 지방으로 가서 학위 공부를 계속했고 나는 서울에 남아 직장에 다녔다.

'주말 커플'이 된 우리는 더욱 애틋했다. 과연 우리가 결혼까지 갈 수 있을지 없을지 때로는 불안했지만 그럴 때마다 남편은 "우린 절대로 헤어지지 않을 거야"라며 흔들리는 나를 다잡아 주었다.

그때 소원은 얼마나 소박했던지. 단칸방에 살더라도 함께 있을 수만 있다면 다른 건 필요치 않다고 생각했다. 부모님의 반대만 해결된다면 세상 어떤 난관도 헤쳐 나갈 수 있을 거라고 생각했다. 헤어지는 고통에 비하면 다른 괴로움은 아무것도 아니었다. 우리는 때로 마주 앉아 울기도 하고 서로를 격려하기도 하면서 긴긴 시간을 버텼다.

5년여의 기다림 끝에 부모님이 허락을 하셨다. 하지만 단서를 다셨다. 아홉수에는 안 된다는 거였다. 내 나이 스물 아홉을 넘기고 해야 한다는 조건을 내걸으셨다. 맥이 풀렸다. 사랑하는 사람과 빨리 결혼하고 자리 잡고 싶은 마음이 굴뚝같았지만 아직 경제적으로 독립하지 못한 학생 신분의 남편은 부모님에게 그 이상의 요구를 할 수 없었다.

뜻대로 되지 않는 상황에 좌절했을 때 좀 엉뚱하게도 직장인 춤 동호회에 빠지기도 했다. 지금 생각해 보면 나와 어울리지 않는 취미에 빠졌던 것 같은데 그만큼 맘이 힘들었던 시기였기 때문이리라. 겨우 일단락되었다고 생각했는데 내 의지와는 상관없이 1년을 넘게 또 기다려야 한다는 사실에 묘하게 분노가 치밀어 오르기도 했다.

결국 우리는 사귄 지 7년째 되던 해 결혼식을 올렸다. 내 나이 서른. 당시로서는 조금 나이 많은 예비 신부였다. 그래도 일단 결혼한다고 하니 좋았다. 예비 신랑과 손잡고 청담동에서 드레스를 고르러 다니던 그 시절. 결혼에 관한 장밋빛 환상으로 마냥 들뜨고 신나던 나날. 인형놀이 같은 드레스 고르기 놀이를 하며 이게 이쁘냐, 저게 이쁘냐 남편을 귀찮게 했지만 그때만 해도 귀찮은 기색 없이 내 요구를 다 들어 주었다. 지금은 백화점에서 내 옷을 고를 때 조금만 오래 걸려도 피곤한 내색을 하는 남편이지만 말이다.

결혼식 당일의 떨림은 지금도 생생하다. 이 많은 사람들이 나의 결혼식을 축하해 주기 위해 왔다고 생각하니 감사하기도 하고 뜻 모를 감동이 밀려오기도 했다. 축가가 나올 때는 부모님 반대로 힘들었던 지난 시절이 생각나서 하염없이 눈물이 났다.

그렇게 드라마 같은 결혼식을 올리고 어느 날 문득 정신 차려 보니 남편과 나는 결혼 15년차 중년의 부부가 되어 있었다. 그리고 서로에게 묻는다. 행복하냐고. 남편의 질문에 머뭇거리는 나를 본다. 셋방살이를 해도 남편과 함께라면 더는 바랄 게 없다던 그 시절 모습은 어디로 간 걸까?

셋방살이가 아니라 지방이긴 해도 따뜻한 물이 콸콸 나오는 아파트에 살면서 승용차를 몰고 다닌다. 국내여행은 가고 싶으면 훌쩍 떠나고 해외여행도 잊을 만하면 또 다녀온다. 이 정도면 우리가 그렸던 '셋방살이 신혼부부'보다는 훨씬 여유로운 풍경인데 왜 선뜻 "나 지금 행복하다"고 답이 나오지 않는 걸까.

중년에 접어든 직장인들은 회사 내 위치가 애매해진다. 아니, 정확히 말하면 '생사의 기로'에 선다. 탄탄대로에 접어들 것인지, 낙오되어 뒤처질 것인지 서서히 결정이 되는 시기이다. 젊었을 때는 상사의 지시대로 움직이면 됐다. 그게 때로는 힘이 들기도 하지만 책임질 일이 없으니 일면 자유롭기도 했다. 하지만 연차가 쌓이고 중년의 나이에 접어들면 지시하는 사람은 줄어들지만 대신 책임질 일이 산적해진다. 그리고 냉혹한 평가가 기다린다.

남편이 회사에서 10여 년을 근무하면서, 계속되는 냉정한 평가를 장애물 뛰어넘듯 하나하나 건너올 동안 아내는 무엇을 하는가. 10여 년을 아이 키우느라 거울 보는 것도 잊고 살다가 어느 날 문득 들여다 본 거울에 웬 중년의 여인이 있다.

주름진 눈가에 탁한 눈빛의, 낯선 얼굴이 놀라서 바라보고 있다. 남편과 번갈아가며 아기를 돌보던 시절 끈끈하게 다져진 동지애도 아이들이 크면서 오히려 느슨해져서 남편은 남편대로 자기 갈 길 바빠 보인다. 그제야 내 삶은 어디 있는 건가 회한에 젖는데 아이는 질풍노도의 사춘기를 겪느라 부모를, 특히 엄마를 들들 볶는다. 지친 남편, 공허한 부인, 요동치는 아이가 만들어내는 음울한 삼박자가 집안에 낮게 울린다.

콘서트 공연장에서 본 가수는 어느새 후덕한 아주머니가 되어 있었다. 사진과는 딴판이었다. 젊은 시절 간절하게 열창하던 모습은 간데없고 동네 노래방에 온 듯한 편안한 모습으로 노래하고 있었다. 한때는 사랑의 열병을 앓으며 그 아픔을 노래로 승화시켰으나 이제는 자신의 아이 이야기를 즐겁게 떠드는 친근한 동네 아주머니가 되어 있었다. 결국 우리는 끝까지 자리를 지키지 못하고 먼저 일어났다.

돌아오는 동안 변해버린 가수의 모습이 계속 떠올랐다. 이제는 편안하고 넉넉해 보여서 좋기도 하지만 열정이 사라진 그녀의 목소리에 왠지 씁쓸하기도 했다. 누군가 그랬다. 인생은 활시위에서 막 잡아당긴 화살촉과 같은 것이라고. 힘차게 나가지만 결국 포물선을 그리며 아래로 아래로 떨어진다.

젊음, 그리고 열정과 에너지가 언제까지나 계속 될 것 같지만 나이듦, 상실, 노환, 죽음이 차례로 우리를 기다리고 있다. 중년의 부부에게 기다리는 건, 어떻게 될지 알 수 없는 불안한 직장 생활, 사라져 버린 젊음과 청춘에 대한 아쉬움과 미련, 방황하는 사춘기 자녀 양육, 때로는 노부모 부양까지.

포물선을 그리며 아래로 향하는 화살촉에 앉아서 내려가는 속도감을 견디려면 담대해져야 한다. 흔들리는 중년의 위기감을 견디고 '살아내야' 한다. 예전에 누군가 '살아낸다'는 말을 했을 때 일단 그 말의 인위적인 조잡함이 어색하다 생각했고, 맞춤법에 어긋나는 말을 싫어하는지라 그런 표현이 별로 설득력 있게 다가오지 않았다. 하지만 중년의 문턱에 서니 이 단어에서 울리는 절실함에 고개를 끄덕이게 된다. 젊을 때는 즐거운 호르몬이 몸을 지배했지만 나이 들면 호르몬마저 자신을 도와주지 않는다. 정신 차리지 않으면 끝없는 우울의 나락에 빠져 버리고 만다. 반짝거리는 청춘이 한때 빛나는 꽃봉오리로서 제 역할을 다했다면 차츰 색이 닳는 중년도 서서히 다른 색으로 물드는 낙엽으로서 자기 역할을 다해야 한다.

중년들을 위한 자기계발서에서 간혹 중년도 인생의 새로운 시작이라고 강조한다. 늙었다고 생각하는 순간 진짜 늙는다고 늘 젊음을 유지하는 데 애를 쓰라고 한다. 나는 그 반대로 생각한다. 인생 2막의 의미는 그런 게 아니다. 젊음을 잃고 죽음을 향해 한발 한발 향하는 과정이 인생임을 인정하고 받아들일 때 역설적이게도 삶에 대한 용기가 생긴다고 본다. 분명히 산 너머 뉘엿뉘엿 지는 해를 두고 아니라고 아니라고, 저거 뜨는 해라고 우기고 싶지 않다. 나는 나이 들어가고 있고 앞으로 누려야 할 쾌락보다는 져야 할 짐이 자꾸 늘겠지만, 그래서 때로 몹시 지치기도 하겠지만 잘 견딜 수 있을 거라고. 그만큼 한 인간으로서 더 성숙해 갈 거라고.

불꽃같은 젊은 시절의 사랑은 아니지만, 15년 만에 함께 콘서트를 보러 가며 손을 꼭 잡아주는 남편이 있다. 사춘기라서 방황할지언정 아직도 '나를 사랑해 주세요'라고 간청하는 자식들, 내 일을 자기 일처럼 걱정해주는 친정 가족들, 모닝 커피 한잔을 나누며 삶의 소소한 기쁨과 슬픔을 나눌 수 있는 이웃과 종종 안부를 주고받는 친구들도 있다. 때 이른 노안이 왔을지언정 책을 잘 볼 수 있는 시력과 마음에 드는 구절을 발견하면 밑줄 그으며 소리 내어 읽는 기쁨이 있다. 똑같이 반복되는 일상에 가끔은 지쳐도 든든한 지원군들과 함께 내게 주어지는 현재를 충실히 살려는 노력을 계속 하다 보면 흔들리는 중년의 위기를 넘어 여유로운 노년의 기쁨을 맛볼 날이 오리라.

엄마의 청년시절 취업기

사실 나는 대학 시절, 요즘 말로 '스펙' 쌓는 데 소홀한 학생
이었다. 아니 스펙보다는 학생 운동 취재에 온 열정을 쏟있
다. 학보사에 들어가서 밤을 새며 기사를 쓰기 일쑤였고 취재
하느라 끼니도 못 챙겨 먹었다. 시위 현장에도 겁 없이 뛰어
들어 아찔한 순간도 몇 번 있었다. 한 대학교 정문 근처에서
격렬한 시위가 있었는데, 사진을 찍기 위해 정문 경비실 지붕
에 올라갔다가 머리 위를 날아다니는 최루탄에 맞을 뻔했다.
그때 나보고 위험하다고 내려오라고 목이 터져라 외치던 이
름 모를 남학생도 기억난다.

어떤 친구들은 예쁘게 차려 입고 연애 박사가 되어 갔고 어

떤 친구들은 학구파가 되어 도서관에서 살다시피 할 때 나는 학보사 컴퓨터 앞에 앉아 자판을 두들기거나 카메라를 둘러메고 취재 현장을 누볐다. 취재하면 할수록 우리 사회의 부조리함에 눈을 뜨고 극심한 경쟁 속에 그저 혼자 살아남기 위해 발버둥치는 게 부끄럽다고 느껴졌다. 골프장이 갑자기 들어서면서 하루 아침에 삶의 터전을 잃게 된 할머니가 내 손을 꼭 잡으며 "학생들이 왜 시위하는지 몰랐는데 내가 당해 보니 알겠어"라고 말하며 눈물 지을 때 같이 눈물 흘리고 노동 현장에서 부당한 대우를 받아 자살한 노동자의 장례식장에서 차가운 겨울 바람을 맞으며 밤을 새기도 했다.

그렇게 숱하게 보낸 낮과 밤의 결과, 변변한 자격증 하나 없이 '졸업'이란 두 글자 앞에 섰다. 학생 운동에 헌신하다 막상 졸업을 해서 사회로 밀려 나가게 되니 막막했다. 물론 학생 운동의 이력을 계속 살려 그 길로 매진하는 선후배들도 있었지만 졸업을 하고 소속이 없는 무중력 상태가 되니 두려웠다. 더구나 곧 있으면 퇴직하는 아버지를 생각하니 당장의 밥벌이가 되지 않는 사회 운동에 언제까지 매달릴 수도 없다고 생각했다.

그때나 지금이나 사회 운동가의 고단한 삶의 현실은 크게 다르지 않았다. 얼마 전 부산에서 사회 운동을 하며 월 활동비 20만 원을 받던 운동가가 지병으로 숨졌다는 기사를 접했다. 최저 생계도 유지하지 못할 활동비로 근근이 버티면서 빈민과 서민들을 위한 법 개정과 각종 추모 사업 등에 앞장서다 끝내 병을 얻은 것이다. 모든 활동가가 그렇게 극한의 처지에 놓이게 되는 것은 아니지만 어쨌거나 가시밭길을 각오해야 한다. 그때 이미 나는 자신이 없었다. 결국 젊은 날의 신념을 지켜내지 못하고 '변절'이라고 손가락질을 받기도 했다. '신념'을 버리고 '동지'를 잃고 홀로 사회에 나왔지만 변변한 스펙 없는 나를 불러주는 곳은 없었다.

어떻게 해야 할까. 고민 끝에 대학원에 진학했다. 국립국어원에서 낮에는 연구원으로 일하고 저녁에는 대학원 수업을 듣는 등, 주경야독을 했다. 하지만 계약직 연구원의 신분은 불안정했다. 당시 덕수궁에 자리 잡은 국립국어원으로 출근하는 아침은 행복한 한편으로 불안했다. 낙엽 지는 덕수궁 길을 가로질러 걷노라면 어느새 궁중의 여인이 된 듯한 착각에 마음이 잠깐 여유로워졌지만, 계약직 연구원으로 구석진 책상에 앉아 원고를 교정하다 보면 언제까지 이 일을 하게 될지 불안이 밀려들었다. 대학원 학비에 용돈까지 벌어야 하는 입장에서 임시직으로 일하는 상황인 만큼, 덕수궁 출퇴근길의 여유를 마냥 즐길 수가 없었다.

그런데 기회는 뜻밖에 찾아왔다. 어느 날 깐깐하기로 소문 난 전공 교수님이 갑자기 수업 시간에 '오늘의 나'를 주제로 글을 쓰라고 하셨다. 갑작스런 글쓰기 과제에 모두들 허둥대 는데, 평소에 생각하던 주제라 술술 글이 써졌다. '핸드폰'을 소재로 한 나의 하루를 썼는데 그 글이 교수님 눈에 띄었나 보다. 정말 잘 썼다고 칭찬을 하시며 국립 병원의 홍보실에서 일할 생각이 없냐고 제안하시는 거였다.

요즘 공공기관 들어가기가 정말 힘들지만 당시에도 쉽지는 않았다. 딱히 내세울 성적도, 영어 점수도, 사회 경력도 없는 내가 들어갈 수 있을지 의문이었지만 용기를 내 해당 기관의 홍보실장을 만나러 갔다. 홍보실장은 나의 성적이나 영어 점 수도 안 묻고 글쓰기 과제를 하나 내주며 말했다.

"이건 당신의 문제 해결 능력을 보는 거예요. 취재를 해도 좋고 자료를 뒤져도 좋아요. 다만 24시간 내로 완성해 오되, 한 글자도 고칠 필요 없이 완벽한 글을 써오세요."

관련 자료를 뒤지며 뜬눈으로 밤을 보내고 한 편의 글을 완 성했다. 몇 차례의 심사 끝에 내 글은 정말 한 글자도 안 고치 고 기관의 회보 1면에 실렸다. 그 길로 합격이었다.

딱히 취업 준비도 하지 못했던 내가 그저 글쓰기 실력 하나로 취직한 것을 두고 주위 사람들은 부러운 시선을 보냈다. 부모님도 기뻐하시고 그제야 한시름 놓으시는 듯했다.

합격의 기쁨에 들떠 일하게 된 사무실에 인사를 하러 갔다. 어쩐 일인지 냉기가 가득했다. 공채를 통해 선발된 사람들 눈에 내가 어떻게 비치는지 뒤늦게 알게 됐다. 소위 '빽'으로 들어온 게 아닌가 의심의 눈초리를 받았던 것이다. 영어 점수나 학교 성적만이 아닌, 다른 능력으로 인정받을 수도 있는 건데 이런 논리가 쉽게 수긍되는 것은 아니었나 보다.

하지만 시간이 지남에 따라 한두 사람 내가 교정하고 손 본 원고가 전혀 다른 글이 되었다며 나를 인정하기 시작했다. 결정적으로 병원장 연설문 초고를 내가 빨간 펜으로 교정한 원고가 눈에 들었다. 원래 비서실장이 내가 교정한 초고를 다시 타이핑해서 기관장에게 넘기는데 그날은 너무 바빠서 내가 빨간 펜으로 교정한 날것의 원고 그대로 병원장의 손에 들어가게 된 것이다.

"초고는 참 많이 부족했는데 은수 씨 손에 들어가니 완전히 다른 글이 되네요. 이렇게 수정되는 줄 몰랐는데 놀랍네요. 앞으로도 잘 부탁해요."

병원장의 공개적인 칭찬과 격려에 분위기는 반전되었다. 그간 나를 시기하거나 험담하던 상사, 동료들이 나의 글쓰기 능력을 알고 직장 내 위치를 인정해 주었다. 점수로 측정되지 않는 글쓰기 능력이 인정받기까지는 꽤 오랜 시간이 걸렸다.

사실 사람들에게는 다양한 능력이 있다. 우리는 어릴 때부터 획일적인 잣대로 줄 세움을 당하는 데 익숙해져 있다. 시험 성적이 낮으면 쓸모없는 사람이라는 생각을 주입 당해 왔다. 단순하게 줄 세울 수 없는, 다양한 형태의 능력이 사람들에게 존재하는데 말이다.

이문구 작가의 『관촌수필』을 보면 자연 속에서 농사를 지으며 공동체를 이뤘던 사람들은 하나하나가 정말 소중하고 특별했다는 느낌을 준다. 작중 화자네 '부뚜막지기'였던 옹점이는 '남의 억울한 일에는 팔뚝을 걷어붙이고 나서서 뒴들어 싸워주며 부지런하려 들기로도 남보다 뒤처짐이 없었'던 능력이 있었다. 고누, 연날리기, 자치기, 쥐불놀이, 목대치기를 잘했고 엿치기는 그녀에게 견줄 사람이 없었다.

미천한 신분이었던 대복이는 또 어떤가. '그는 무엇이든 절등하게 잘 줍고 잘 잡아내는 손속이 있었다. 약이나 덫으로 잡은 꿩을 엮으면 두름이 되었고, 겨울 지내고 산토끼 가죽을 팔면 옷 한 벌이 되곤 했다.'

읽다 보면 한 사람 한 사람에게 참 특별한 능력이 있다. 시쳇말로 존재감이 없는 사람이 없다.

요즘은 어떤가. '능력'하면 떠 오르는 건, 아이들에게는 '공부 잘 하는 능력', 어른들에겐 '돈 잘 버는 능력'뿐. 획일화된 능력을 빨리 키우라고 강요 당하고 그 능력이 없으면 능력 있는 사람들의 그늘에 묻혀 지내야 한다.

돌이켜 보면 나는 영어 점수나 높은 학점은 없었지만 학보사를 통해 세상을 보는 눈, 사람들을 관찰하는 눈을 키우고 잠재되어 있던 글쓰기 능력도 폭발적으로 신장시킬 수 있었다. 당장의 즉각적인 평가를 받을 수 없는 능력이기에 이 능력이 인정받기까지는 오래 걸렸고 운도 따라야 했다. 이런 능력을 인정받고 발휘할 수 있는 기회가 많은 사회일수록 개인의 삶도 더 풍요로워지지 않을까. 다 같이 똑같은 학원에서 똑같은 책을 펼쳐들고 같은 내용을 암기하는 삭막한 풍경 대신 말이다.

고시 낭인, 그 이후의 삶

얼마 전 신문에서 한 청년이 공무원 시험에 합격했다고 가족들에게 거짓말을 하고 지내다 결국 자살했다는 기사를 보았다. 수년째 공무원 시험을 준비하던 30대 ㄱ씨는 '부모님께 거짓말을 해서 죄송하다'는 내용의 유서를 남기고 한 모텔에서 싸늘한 시신으로 발견되었다. 가족들에게 거짓말을 하고 출근하는 척을 할 때마다 얼마나 가슴이 타들어갔을까. 얼마나 외로웠을까. 나도 짧지만 고시 낭인으로 살았던 적이 있어서 더 공감이 가고 마음이 아팠다.

극적으로 들어간 직장을, 결혼을 앞두고 그만둘 수밖에 없었다. 남편은 지방에서 공부하고 취직도 할 계획이라 영원한 주말 부부를 하지 않는 한, 한쪽이 진로를 바꿔야 했던 것.

콩깍지가 씌었던 탓일까. 남편이랑 떨어져 지내는 건 나도 내키지 않았기에 남들 다 부러워하는 직장을 4년을 못 채우고 사표를 내게 되었다. 아직도 기억난다. 사표를 내고 밤 기차로 가던 날 밤. 정든 직장과 이별한다는 아쉬움보다는 낯선 곳에서 새로운 시작을 한다는 설렘으로 가슴이 뛰었다. 그 뒤로 고시 낭인의 길이 기다리고 있었는데 말이다.

중등임용 고시를 준비하기 시작했다. 서른의 나이였지만 공부는 재밌었고 예전에 학원가에서 아이들을 가르치며 즐거웠던 기억이 있었기에 교사에 대한 꿈도 새롭게 다질 수 있었다. 주말이면 노량진까지 가서 강의를 듣고 주중에는 고등학교 기간제 교사로 근무하는 나날이었지만 언젠가는 교사가 될 거라는 기대에 그렇게 힘든 줄도 몰랐다.

다만 사람을 지치게 하는 건 같은 고시생들 사이의 살 떨리는 경쟁이었다. 노량진 학원에서는 화장실 갈 때에도 필기한 공책을 챙겨야 한다고 했다. 처음에는 촌음을 아껴서 공부하는 건 줄 알았는데 화장실 간 사이에 애써 정리한 공책이 분실되는 일이 종종 있기 때문이라는 이야기에 깜짝 놀랐다. 적어도 교사가 되겠다는 사람들이라면 도둑질은 하지 말아야 하는 것 아닌가. 고시촌에는 그렇게 윤리도 도덕도 없이 오직 붙어야 한다는 생각만으로 꽉 찬 사람들이 많았다.

기간제 교사로서 겪는 설움은 공부에 독기를 오르게 했다. 정교사들에게 새 노트북이 지급되는데 기간제 교사는 헌 노트북을 그대로 써야 한다는 지시를 받았을 때, 공연히 가만있는 사람 옆에 와서 자신의 정교사 위치를 거들먹거리며 뽐내는 사람을 마주할 때, '나도 꼭 공부해서 정교사가 되어야겠다'는 의지를 불태웠다.

낮에는 일하고 밤에는 무거운 눈꺼풀을 치켜뜨며 공부하기를 몇 개월째. 드디어 시험 날이 되었다. 시어머니가 시험에 붙으라고 108배를 해주고 신랑을 비롯한 온 가족들의 응원을 받으며 시험장에 들어섰다. 필기하는 손이 떨릴 정도로 긴장한 탓일까. 붙어야 한다는 강박에 너무 짓눌렸기 때문일까.

시험을 마치고 돌아와 답안을 맞춰보니 어이없는 실수를 했다. 실수도 실력이라지만 억울했다. 결과는 정말 근소한 차이로 낙방. 기간제 교사를 하며 공부했으니 공부 시간의 총량도 모자랐을 것이다. 속상한 마음에 잠이 오지 않았다. 한 문제만 더 맞혔으면, 한 문제만 좀더 주의 깊게 읽었으면, 한 줄만 더 요령 있게 썼었다면, 수없이 많은 가정과 아쉬움 속에

신음하다가 결국 병이 나 버렸다.

갑자기 천정이 빙글빙글 돌고 어지러워서 심한 구토가 나고 서 있을 수가 없게 된 것이다. 놀란 남편과 대학병원을 찾으니 전정 기관 이상이라고 했다. 입원을 해야 했다. 입원한 병실에서 처음에는 '고시에 붙었다면 이 겨울이 얼마나 포근하고 즐거웠을까'만 생각하며 가슴 아파 했다. 한번에 붙은 친구들과 나를 비교하며 자신을 책망하는 못난 짓도 끝없이 반복했다. 나 자신이 그렇게 초라하게 느껴질 수가 없었다. 그런데 하루 이틀 지나면서 같은 병실에 있는 사람들이 눈에 들어오기 시작했다.

누구보다 옆 침대에서 류마티스 관절염으로 온몸이 썩어 들어가던 아주머니. 치음에는 화상을 입은 분인 줄 알았다. 그런데 알고 보니 류마티스 관절염을 30년간 앓았고 약을 너무 오래 먹어 살이 썩은 것이라고 했다. 가만히 누워서 눈뜨고 말하는 거 외에는 아무 것도 못 했다. 안타까운 모습이었다. 하지만 아주머니를 마냥 안쓰러워할 수만은 없었다. 한숨 자려 하면,

"영희 아버지, 나 귀 좀 긁어줘요."

"영희 아버지, 나 오른 다리 위치 좀 바꿔줘."

"영희 아버지, 아구 나 죽네, 허리, 허리 좀 바로 해줘."

거의 15분마다 한번씩 간병하는 남편을 부르며 고통스러워 하는 소리에 좀처럼 편히 쉴 수가 없었다. 더 힘들었던 건 그 아주머니가 얼마나 괴로울지 옆에 있다 보니 자꾸 생각하게 되고 그 고통이 전염되는 느낌마저 드는 것이었다.

안 된 마음에 말동무를 조금 해드렸더니 매우 좋아하시며 세 아들 자랑을 하셨다. 큰 아들은 뭐고, 작은 아들은 뭐를 하고. 맞장구를 치며 좋으시겠다고 했지만 입원해 있는 1주일 간 아들이나 며느리를 한 번도 못 봤다. 오직 나이 든 남편만 이 24시간 중노동에 가까운 간병을 하고 있었다.

아주머니가 너무 안 되었다고 생각하면서도, 야박하게도 나는 병실을 옮겨버렸다. 침대에서 대소변을 받아내는 아주 머니 옆에서 식사를 하는 것이 생각보다 힘들었다. 적당한 핑 계를 대면서 다른 병실로 가게 되었다고 말했다. 아주머니와 남편 분은 웃으면서 빨리 나으라고 했지만 나와 같은 사람들 을 많이 겪은 눈치였다. 슬픈 웃음이었다.

새로 들어간 병실에서는 진통제를 한 시간에 한번씩 맞는 할머니 때문에 몇 번이나 밤잠을 설쳤다. 의사들이 달려오고 산소통을 끌고 오고. 그 당시 유명했던 드라마 『완전한 사랑』 에 김희애가 멋스럽게 달고 나온 초록색 장치. 실제로도 보니 진짜 초록색이었다.

그 할머니는 하루를 가던 진통제가 이제 한 시간도 안 간다고 하소연하며 "어머니, 어머니"를 외치면서 몸을 뒤틀었다. 중병이 아니었지만 신경과에 입원했던 탓에 중환자들을 많이 볼 수밖에 없었다. 삶과 죽음 사이의 그 스산함. 앉아서 아무것도 할 수 없는 류마티스 아주머니나 진통제로 한 시간 한 시간 연명해가는 할머니.

고시에 떨어졌다고 생병이 날 정도로 괴로웠던 내 마음을 돌아보게 되었다. 과연 고시에 떨어졌다고 인생이 끝나는 건가? 고시에서는 어차피 극소수만 선택된다. 특히 고위 공직자의 경우, 장밋빛 미래를 꿈꾸며 수만 명의 대학생들이 도전하지만 합격하는 비율은 3% 안팎이라고 한다. 100명이 달려들어 세 명만 이기는 싸움이다. 임용고시 경쟁률도 해가 갈수록 높아져 지금은 어떤 과목의 경우 30 대 1, 40 대 1을 찍기도 한다. 어차피 극소수만 선택되는 고시.

여기에서 선택되지 못했다고 해서 인생의 낙오자인 것은 아니다. 사회가 불안정한 만큼 안정된 직장에 대한 희구가 더 강렬해지는 것은 어쩔 수 없는 현상이지만 그렇다고 자신을 이 사회 통념에 비춰 재단하고 평가하고 책망할 필요는 없다.

'고시 낙방 = 인생 패배'라고 자동 반사되는 사고는 경쟁 위주, 결과 위주의 사회가 우리에게 심어준 왜곡된 신념이다.

어릴 때부터 '성적 떨어지면 인생 끝' '취직 못하면 인생 끝' 등 사회 안전망이 미비한 사회에서 살다 보니 어른들은 각종 인생 막장을 설정해 겁을 주면서 안정된 삶의 진로를 꿈꾸도록 가르쳐왔다. 이탈하면 그대로 삶이 끝나는 것처럼 협박하면서 말이다.

고시에 떨어져도 삶은 계속 된다. 나 또한 고시에 떨어지고 이듬해 재도전을 준비하려다 덜컥 임신이 되는 바람에 그마저도 포기해야 했다. 아쉬운 마음은 있다. 무언가 해결하지 못한 과제를 하나 안고 사는 기분이 들 때도 있지만 인생을 살다 보니 고시에 붙는 것 말고도 다른 축복이 많이 존재한다는 생각이 든다. 전 국민이 교사나 공무원이 되어야 하는 건 아니다. 공무원이나 교사가 되지 못해도 다른 길을 가면 된다. 그 길이 평탄하지 않다고 해도 그 또한 내 인생이다. 중국 근현대 문학의 거목인 노신은 "길은 주어지는 것이 아니라 내가 가는 길이, 길이 되는 것이다"라고 하지 않았던가.

남편 따라 지방으로 오느라 좋은 직장에 사표를 내고 고시 준비를 했지만 계획대로 되지 않았던 것. 돌이켜 보면 참 야물지 못했다 싶다. 하지만 인생은 원래 그렇게 계획대로 되는 게 아니라는, 그래서 뜻밖의 새로운 길을 만나게 되는 기쁨도 누리게 된다는, 누군가의 조언을 새기며 아직도 고시 낙방의 아픔에서 헤매고 있을 어떤 젊음에게 다음 구절을 읽어주고 싶다.

안경 줄을 배꼽까지 내려뜨린 할아버지가
옆자리의 진주 목걸이를 한 할머니에게 나이를 묻는다.
예순 둘이라고 하자 할아버지는 감탄한다.
"좋은 나이요. 나는 예순 일곱인데 내가
당신 나이라면 못할 게 없을 거요."
_ 은희경 『서른 살의 강』 '연미와 유미' 중에서

중년, 그녀들의 수다

    우리 사회에서 '아줌마'란 단어가 주는 어감은 결코 긍정적이지 않다. 누가 먼저 부여한 정의일까? 산업화 시대 형성된, 젊은 청춘의 노동력만 강조하던 오래 된 기류와 '여성 혐오'라는 새로운 기류가 맞물린 결과일까? 아줌마 하면 버스에서 자리를 뺏거나 남들 다 줄 서서 기다리는데 새치기를 하거나 가게에서 진상 손님 짓을 하는 등 욕심 많고 교양 없는 사람이라는 이미지가 먼저 떠오른다. 드라마 속 여주인공은 가난한 남자친구에게 이별을 고하면서 당당하게 '아줌마가 아니라 사모님이 되고 싶다고!'라고 말하며 돌아선다. 도로에서 민폐 운전자를 보면 확인도 안 하고 '아줌마'일 거라 단정하

고, 유명 작가의 산문집에서조차 아줌마는 '남의 귀밑에다 대고 껌을 짝짝 씹는' 존재로 표현된다

결혼하고 아이 낳고 나이 들어 중년의 여인이 된 게 무슨 죄도 아닌데 우리 사회는 이 지난한 과정을 거친 여성들에게 유독 날을 세우며 깎아내리려 든다. 무례하고 천박하게 구는 사람이 비단 '결혼하고 아이 낳고 나이 든' 여성들 중에만 있겠는가. 젊은 남녀 중에도 있겠고 나이 지긋한 할머니나 할아버지 중에도 있을 수 있다. 사람 나름의 문제인데 '아줌마'들을 몽땅 싸잡아서 몰지각한 집단 취급을 한다. 따지고 보면 누군가의 어머니이자 아내인 사람들인데 말이다.

아줌마들을 비난할 때 등장하는 단골 멘트는 '할 일 없이 카페에서 수다나 떨고 있다'는 문장이다. 남편과 자식들을 학교로, 회사로 보내고 잠시 두런두런 앉아서 모닝커피 한잔 하는 것을 여유 있게 바라봐주지 않는다. 심지어 여성들이 썼다는 자기계발서에서도 '동네 아줌마들과 할 일 없이 수다 떨지 말라'며 경멸하는 말투로 지적하는 내용이 나온다.

프리모 레비는 『이것이 인간인가』란 책을 통해 아우슈비츠에서의 극단적인 체험을 생생하게 증언하고 있는데 언제 죽을지 알 수 없는 그곳에서도 사람들은 체온을 나눌 '친구'를

원했다고 한다. 지옥문 앞에 선 것 같은 그 순간에도 마음이 통하고 이야기를 주고받을 수 있는 사람이 필요했던 것이다. 아줌마들에게 동네 아줌마들과의 수다는 단순히 시간 때우는 것 이상의 의미가 있다. 학교로, 직장으로 가버린 사람들의 빈자리를 잠시나마 잊고 자신의 이야기에 귀 기울여주는 상대를 만나 어제의 후회나 보람, 오늘의 갈등, 내일에 대한 불안과 설렘 등 모든 희로애락을 나누는 자리이다.

혹자는 그런 나눔이 무슨 의미가 있냐고 반문할지 모르지만 사람은 사회적 동물인 만큼 끊임없이 누군가와 교감하고 싶어하는 존재가 아닌가. 아줌마라고 해서 혼자 집에서 고립되어 삼시세끼 차리고 청소하고 설거지하는 데에만 몰두해야 한다는 법은 없다. 더구나 요즘에는 온갖 상담 센터가 성행하고 있다. 돈 내고 속 터놓고 말할 친구를 사기도 하는 시대이다. 언젠가 유명한 정신과 의사가 "소위 성공한 사람들 중에 내 고객이 매우 많다. 맘을 터놓을 친구가 없어 나처럼 돈으로 산 친구에게만 고민을 말한다"며 좋은 말벗을 갖는 일에도 소홀하지 말라고 했다. 이런 '유료 친구' 대신 아줌마들의 답답한 속을 같은 아줌마가 듣고 달래며 '무료로' 풀어주는 게 문제 될 이유가 없다. 쓸데없는 불안은 가라앉혀 주고 치밀어 오르는 울화를 다독거려 주기도 하며 모처럼 설레고 행복한 일에는 공감도 해준다.

아줌마들의 수다는 생각보다 전방위적이다. 시댁에 가서 가사 도우미처럼 뼈 빠지게 일하고 와서 받는 스트레스를 풀어놓기도 하고 한 마디도 지지 않고 또박또박 대드는 사춘기 아이 때문에 골머리를 앓는 심정을 쏟아내기도 한다. 어젯밤 본 텔레비전 프로그램『썰전』을 언급하며 작금의 돌아가는 정치 상황에 대해 토론하기도 하고 현장의 목소리를 반영하지 않는 교육 정책에 분통을 터뜨리기도 한다. 아이를 낳고 키우면서 형성된 연대애 같은 것이 있어서 어떤 화제를 꺼내도 서로 공감도, 이해도 잘 해준다.

이런 연대애는 아기를 낳기 위해 산부인과에 가서 진통하면서부터 시작된다. '나도 너도 이 고통을 겪었었지'라는 공통분모. 그리고 이 공감대는 아이를 키우면서 더욱 단단해진다.

큰애 두 살 무렵, 우리 세 식구는그때는 셋이었다. 주말마다 사우나를 하러 갔다. 사우나에는 개인용 아기 욕조가 있어서 그것만 차지하면 아이를 풍당 넣어놓고 나도 차분하게 사우나와 목욕을 즐길 수 있었다.

그런데 하루는 조금 늦은 오후 시간에 목욕하러 들어갔더니, 아기 욕조가 한개도 없었다. 미끄러운 욕실 바닥에 아이를 세워놓기에는 너무 불안하고 그렇다고 그냥 돌아갈 수도 없고…. 난감했다. 할 수 없이 아기 욕조를 갖고 있는 엄마들한테 "이거 혹시 다 쓰셨어요?" 묻고 다녀야 했다.

몇몇 엄마들의 쌀쌀맞은 대답을 뒤로 하고 포기한 채 아이를 한 팔에 안고서 씻으려고 하는데 어떤 엄마가 톡톡 쳤다.

"이거 우리 딸한테 뺏어 왔어요. 쓰세요."

사소하다면 사소한 친절이었지만 순간 너무나 고마웠다. 엄마들이라면 알리라. 아이한테 뭘 뺏기가 얼마나 힘든지. 우리 아이보다 약간 커 보이는 그 애는 욕조를 뺏기고선 뾰로통하게 있었는데 미안하기도 하고 고맙기도 했다.

아이를 키우다 보면 이렇게 일면식도 없는 아줌마나 비슷한 또래의 아기 엄마들이 챙겨주는 걸 경험하게 된다. 유모차를 끌고 문을 열어야 할 때 잽싸게 앞으로 가서 열어주는 아줌마도 있고, 졸려서 보채는 아이를 지나가던 할머니가 열심히 달래주기도 하고, 아기 띠를 어설프게 해서 줄줄 흘러내리는 아이를 뒤에서 잡아주는 아기 엄마도 있었다. 심지어 고열이 났던 큰아이가 갑자기 병원 바닥에 토를 해서 어쩔 줄 모르고 쩔쩔 매고 있는데 휴지를 뭉텅이로 갖고 와서는 남의 아이 토사물을 같이 닦아준 엄마도 있었다. 그때는 정말 눈물이 핑 돌았다.

아마 그들은 아는 것 같다. 그런 사소한 배려가 아기 엄마들에겐 얼마나 힘이 되는지, 그런 배려가 없을 때는 얼마나 곤란한지 말이다. 기쁘고 복된 만큼 지난한 육아의 길에 이름 모를 동반자들이 되어주는 그들이 있기에, 초보 엄마들은 심호흡 한번 크게 하고 어려움을 헤쳐 나갈 수 있는 것이다.

중년이 된 그녀들은 이런 엄마들 간의 끈끈한 동지애를 경험했기에 서로를 더 잘 다독여줄 수 있다. 때로는 남편보다 더 의지가 되고 위로가 되는 순간도 있다. 특히 아이 문제에 관한 한 속 터놓을 수 있는 이웃집 아줌마 한명은 꼭 필요한 것 같다. 의외로 남편들은 아이 문제를 이야기하면 속상한 마음 때문인지 화를 낸다. 아내 입장에서는 같이 문제를 헤쳐 나가자고 어렵사리 이야기를 꺼낸 건데 남편이 '그러게, 내가 진작에 이렇게 이렇게 하라고 했잖아'라고 지적하거나 '아니, 당신은 집에서 뭐 한 거야'라고 비난하면 말문이 막히고 억울한 마음이 든다. 아이는 엄마의 성적표가 아니다. 살아 움직이는 역동적인 생명체다. 육아서에서 이렇게 하면 분명히 아이가 어떻게 클 거라고 했는데 닥쳐 보니 현실은 그렇지 않았다. 전문가도 똑 떨어지게 단언하기 어려운 우리 아이 육아 지침을 '작은 인간'을 처음 키워 보는 초보 엄마가 어떻게 완벽하게 세우겠는가. 하다 보면 시행 착오도 겪고 그래서 아이한테 크고 작은 문제가 생겨서 방향을 틀어야 하는 순간도 온다. 이렇게 돌아가는 상황을 남편보다 이웃집 아줌마가 더 잘 이해하고 격려해 준다.

육아를 짐스러워 하던 나에게 '엄마 놀이'를 재밌게 해보자고 다독여주던, 나보다 몇 살 많았던 한 엄마가 생각난다. 내가 아이를 재우다 찬 바닥에서 잠들어 많이 아팠을 때는 손수만든 죽을 갖다 주기도 했다. '얼마나 피곤했으면 아이 재우다 찬 바닥에서 잠들어 버렸어?'라며 진심으로 안쓰러워하는 모습에 괜히 콧날이 시큰해지기도 했다. 남들 다 키우는 아이 키우면서 뭐 그리 힘들다고 유난 떠냐고 타박하지 않고 육아의 길이 얼마나 고단한지, 얼마나 외로운지 이해해 주는 한마디 한 마디가 당시에 참 힘이 되었다.

시부모님이 갑자기 오시게 됐는데, 요리 못하는 내가 당황하고 있으니 손이 야문 이웃 엄마가 각종 밑반찬을 해서 갖다 준 적도 있다. 우리 집에 큰 전기밥솥이 없다고 하니 무거운 밥솥까지 이고 왔다. 그 엄마는 우리 아이가 길거리에서 아파보이면 걱정되어 나에게 전화로 안부를 묻는 사람이다. 남의 아이, 내 아이 할 것 없이 아파 보이면 염려해 주고 배고파 보이면 간식 거리를 들려 보낸다.

　세상 일에는 양면성이 있는 만큼 이렇게 친밀하고 인간적인 아줌마들이 있는 반면 경쟁적이고 살벌한 아줌마들도 있다. 자식 일에 관한 한, 한 치의 양보도 없이 오직 자기 자식 싸고도는 데 급급한 사람들도 없지는 않다. 동네에 다른 아이들 괴롭히기로 유명한 아이가 있었다. 주먹다짐도 흔하게 했다. 하지만 그 엄마는 문제가 터질 때마다 담임 선생님을 설득하거나 교장실에 찾아가서 자기 아이가 징계를 받지 않게 손을 썼다.

　이런 아줌마들과는 수다를 떨고 싶지 않다. '기승전 성적'이 야기인 사람들도 그렇다. 누가 공부를 잘하네, 못하네 질투를 하거나 흉을 본다. 아이의 인성 발달에 관해선 무관심하다. 누구 집 아빠가 전문직이라서 누구도 공부를 잘 한다는 속물적 발상의 이야기를 부끄럼도 없이 늘어놓는다. "공부 잘 해서 의대 가라. 그러면 군대 안 가도 돼"라고 아이에게 가르친다는 이야기를 거리낌 없이 한다. "위층 아줌마 입고 다니는 게 추레해서 우습게 봤는데 아이가 그렇게 공부를 잘 한 대"라고 눈도 깜빡이지 않고 말하는 걸 보고 오만 정이 떨어지기도 했다. 아마 이런 부류의 아줌마들에게 나는 그다지 매력적인 대화 상대가 아닐 것이다. 자식 공부에 신경을 많이 쓰는 스타일도 아니라 딱히 캐널 정보도 없고 그렇다고 화려하거나 부유해 보이지도 않으니 말이다.

모든 사람들에게 인정받을 필요는 없다. 더구나 중년이 되어서 모든 이에게 호감을 주려고 애쓴다면 안쓰러워 보일 것이다. 자식 키우는 이야기, 세상 돌아가는 이야기, 나 사는 이야기를 교감하며 나눌 수 있는 사람 몇 명이면 족하다.

오늘도 달력을 보며 약속을 잡는다. 어떤 사람과는 주로 자식 이야기를 하고 어떤 사람과는 주로 책 이야기를 한다. 운동 이야기를 나누는 사람들도 있다. 식당에서 메뉴를 선택하듯 결이 다른 이야기를 나눌 상대를 선택한다. 세상 사람들 눈에는 다 똑같은 아줌마들로 보일지 모르지만 각자 삶의 문양이 다른 아줌마들의 이야기는 무궁무진하다. 현재와 과거를 넘나들며 미래를 그려보기도 하는 그녀들의 수다에 나는 오늘도 빠져든다.

열 권의 책? 한 번의 상담!

  꽤 유명한 예능 프로그램의 PD가 알고 보니 초등학교 동창이있다. 6학년 때 같은 반이었다. 스물 일곱인가 여덟인가, 초등학교 동창회 붐이 일어나서 다시 만났었다. 그때는 PD 지망생이었다.

  얼마전 우연히 인터넷을 검색하다가 유명 PD가 된 그가 한 강연 소식을 접했다. 한 블로거가 너무나 감동적이었다며 소개한 강연.

  "저는 스펙도 나쁘고 다른 유명한 PD들처럼 똑똑하지도 않습니다. 서류에서도 계속 떨어졌는데 마음속에서 계속 만들고 싶은 영상이 꿈틀거려서 도전을 멈출 수 없었습니다."

인정한다. 그는 남다른 노력을 했다. 하지만 스펙 나쁘고 가진 거 없는 젊은이의 성공담 같은 강연은 좀 불편했다. 이 강연을 들은 사람들의 머릿속에 나쁜 스펙은 어떤 기준이었을까? 그는 일류대는 아니지만 세칭 명문대에 속하는 학벌이었고 PD 시험에 계속 떨어지는 아들을 미국 유학길에 오르게 해준, 강남의 재력 있는 부모를 두었다.

미국 유학 생활도 쉽지는 않았을 거다. 하지만 이 강연을 들으며 가진 거 진짜 없는 '88만 원 세대', 혹은 곧 여기에 편입될 예비 88만 원 세대에게 그는 의도치 않게 가짜 희망을 불어넣어주고 있었다. 강연 소감 대부분이 '나도 할 수 있다'를 깨달았다는 분위기였으니.

'나도 할 수 있다'는 긍정적 마인드가 나쁜 게 아니다. 기회는 사실 평등하지 않은데, 출발선부터 다른데 그런 문제는 감춰버리고 '이만큼 결실을 이루지 못한 거는 다 네가 노력을 안 해서야'라는 논리. 그 앞에서 한없이 위축되는 젊은이들. 그 움츠러든 어깨가 안쓰러운 거다.

시중에서 불티나게 팔리는 육아서나 자기계발서에서도 가끔 멀쩡한 사람을 '의지 박약아'로 몰아세우는 오류를 본다. 특히 자기 아이 한명에게 적용해서 성공한 육아 원칙을 모두에게 가능한 대원칙으로 설파하는 육아서는 읽기 참 껄끄럽다. '나는 이런 어려움이 있었지만 이렇게 대단하게 다 극복했다'고 너무 호기롭게 쓴 자기계발서도 끝까지 읽게 되지 않는다. 할 수 있는데 당신들이 안 하는 거라고 쉽게 단정 짓고 훈계한다.

앞의 사례처럼 보이는 게 다가 아닌데 사람들은 겉으로 드러난 '역경을 이긴 불굴의 인간 승리'로 포장된 이야기에 설득당한다. 사실 어떤 성장 과정을 거쳤고, 어떤 지원과 혜택을 누리며 사는지 자세하게 알지 못하는데 표면적인 성공담만 보면서 열광한다. 나아가 자신과 비교하면서 '나는 뭐하고 있었나.' 스스로를 괴롭히기도 한다.

자신의 아이가 영어 신동이라며 블로그에 글을 올리다 폭발적인 인기를 얻어 유명 인사가 된 A라는 블로거의 사례도 그렇다. 자기만의 육아 원칙과 영어 교수법에 확신이 있는 것까지는 그렇다 치는데 조금이라도 이견을 제시하면 공격하고 비난했다. '내가 말한 대로 하면 성공하는데 엄마들이 의지가 부족해서 못하는 거다'는 식의 과격한 주장에 댓글로 이견을 달았다가 A 블로거에게 험한 말을 들어야 했다. 놀라운 건 그런 예의 없는 행동을 해도 '오죽 답답하면 그러겠느냐'며 오히려 두둔하는 엄마들이었다. A 블로거가 쓴 육아서를 성경처

럼 받들며 그녀를 '교주'처럼 모신다. 자신을 들여다보기보다
는 성공한 남의 이야기에 열광하고 남을 맹신하는 게 더 쉬운
사람들이다.

육아서나 자기계발서의 의미를 부정하거나 진정성 없는 일
부 책들을 갖고 전체를 폄하하려는 게 아니다. 다만 그런 책들
에 지나치게 의존하지는 않아야 한다고 본다. 자신의 해결되
지 않은 문제는 남의 이야기를 통해 풀어내기 어렵기 때문이
다. 자신의 내면을 깊이 들여다보는 게 우선시 되어야 한다.

그런 면에서 나는 열권의 육아서나 자기계발서를 읽는 것
못지않게 자신의 내면을 다 털어놓을 수 있는, 한 번의 전문
적인 상담도 중요하다고 생각한다. '상담'이라고 하면 뭔가 결
핍되고 문제가 심각한 사람들만 받는 거라고 여기는 사람들
도 아직 있지만 이제는 많이 대중화되어 가고 있는 듯하다.
상담 센터도 급격히 늘어나고 복지관에서 프로그램을 개설하
는 경우도 많아서 왠지 문턱이 높은 병원보다는 일반인들이
좀 더 쉽게 찾아갈 수 있게 되었다.

나 또한 산후 우울증과 비슷한 증상이 왔을 때 지인 소개로
'모래 놀이' 상담을 받게 되었다. 남자들과 똑같은 고등교육을
받고도 경제적 보상이 없는 집안일과 육아를 반복하는 것에
지쳐 갔고 옆집 아이는 탈 없이 크는데 우리 아이만 문제 행

동을 보이는 것 같은 착각에 빠져 자신을 괴롭혔다.

나이 지긋한 모래놀이 상담사를 처음 봤을 때는 '저 사람이 내 속을 어떻게 알겠어'라는 시니컬한 마음이 들었던 것이 사실이다. 문제를 해결해 보고자 내 발로 찾아온 곳이지만 잘 알지도 못하는 사람에게 내 속을 털어놓기가 꺼려졌다.

이런 내 속을 아는지 모르는지 상담사는 조용히 웃으며 말했다.

"오늘 첫 시간이니 우리 한번 가족을 구성해 볼까요? 당신의 원가족들을 생각했을 때 떠오르는 이미지의 피규어를 갖고 와 보세요."

상담실 벽면에는 크고 작은 피규어들이 가득했다. 온갖 동물과 사람 모형의 장난감들. 이 안에 나의 원가족들이 있을까? 생각나는 대로 집어 들기 시작했다. 놀랍게도 나의 엄마 피규어를, 피규어 중에서 가장 사납게 생긴 커다란 상어로 집었다. 나는 그 앞에서 작고 연약해 보이는 강아지였다. 모래판에 가족들을 죽 늘어 세워 보니 사나운 상어는 가족들을 향해 날카로운 이빨을 드러내고 있었다.

왜였을까. 따뜻하고 친절한 엄마는 내게 없었다. 엄마는 늘

못다 이룬 자신의 꿈을 두고 남편과 자식들 탓을 하셨다. 자식을 넷이나 키워서 너무 힘들다고 화를 내셨다. 뭐하러 이렇게 아이들을 많이 낳았는지 모르겠다고 분통을 터뜨리셨다. 그럴 때마다 어린 나는 다시 엄마 뱃속으로 들어갈 수도 없고, 태어나게 해 달라고 한 것도 아닌데 태어난 게 죄인 것 같았다. 끊임없이 존재를 부정 당하는 느낌이었다.

원가족들을 동물 모형으로 세워 놓고 묵묵히 바라보니 꽁꽁 묵혀 두었던 해묵은 기억이 떠오르기 시작했다. 걸핏하면 별다른 이유도 없이 매를 들었던 엄마, 초등학교 때 임원이 되어서 학교에서 발전기금을 내라는 전화가 오자 머리를 세차게 때리며 "임원선거 같은 건 왜 나갔냐"고 나무라던 엄마, "아무리 자식이라도 너 같이 굴면 정 떨어진다"며 사춘기 아이에게 대못을 박은 엄마.

육아서나 자기계발서를 밑줄 그으며 읽어도 풀어지지 않던 마음의 응어리가 하나 둘 수면 위로 떠올랐다. 엄마에게 따뜻한 보살핌을 받지 못해 마음속에 앙금과 상처가 가득한 내가 그 생채기들을 치유하지 못한 채, 자식들에게 살뜰하고 상냥한 엄마가 되기는 힘든 일이었다. 이미 커버린 내가 늙어버린 엄마에게 항변할 수도 없고 어떻게 해야 하는 걸까.

"엄마랑 풀지 않아도 돼요. 나랑 이야기하고 나랑 풀면 돼요."

그날부터 석 달 정도 모래놀이 상담을 받았다. 상담을 가기 전에는 오늘은 '내 속을 너무 털어놓지 않겠다'고 생각하지만 막상 모래놀이 판을 앞에 두면 먼지 묻은 어릴 때 기억을 들추며 술술 이야기를 풀어냈다. 상담사랑 이야기를 나누다 보니 엄마한테 맞은 것보다 더 큰 문제는 엄마한테 무기력하게 맞고 있는 나를 스스로 비난해 왔다는 것이다. 엄마한테 분풀이 대상이 된 어린 내가 가엾다는 생각보다는, 힘없이 맞았던 게 무능하고 바보 같았다는 생각이 앞섰다. 왜곡된 비난의 화살로 나를 자꾸만 찌르고 있었다.

"눈을 감고 어린 나를 떠올려 보세요. 그 아이를 달래 주세요."

울지 않으려고 괜히 딴 곳을 봤지만 눈물이 흘렀다. 그 아이가 안쓰럽고 쓰다듬어 주고 싶다는 생각이 처음으로 들었다. 안 그래도 맞아서 아픈 아이를, '네가 맞을 짓을 했겠지'라며 나조차 몰아세우고 있었다. 엄마인 내가 자신에게 이런 마음이었으니 자식들의 크고 작은 허물을 감싸고 다독여주기는 어려웠던 것이다.

어릴 때 가장 기억에 남는 부모님과의 추억을 모래놀이 판에 표현해 본 적도 있었다. 나는 아버지와 관음죽을 정성스럽게 닦았던 상황을 표현하기 위해 화초 모형을 가져다 놓았다. 따스한 봄볕 비치던 날 엄마 옆에서 낮잠 자던 시간을 표현하려고 이불 모형 속에 인형을 집어넣었다. 포근해 보였다.

"대단한 기억들이 아니에요. 그렇죠? 이런 걸 보면 우리가 지금의 우리 자식들에게 뭘 해줘야 하는지 알 수 있어요. 어린 시절 부모와의 소중한 추억은 으리으리한 집에서 화려한 옷을 입고 진수성찬을 먹는, 그런 게 아니에요. 소소하지만 따뜻하고 소중한 추억들이 우리를 살아가게 하는 힘인거예요."

상담이 종결되던 날, 상담사는 다시 한번 원가족들을 피규어로 표현해 보라고 했다. 생각하거나 고민하지 말고 손 가는 대로 집으라고 했다. 첫 시간에 나의 엄마를 상어로 표현했는데 그날은 엄마를 등에 점이 박힌 예쁜 꽃사슴으로 설정했다. 신기했다. 마음의 응어리가 풀리자 엄마에 대한 두려움, 미움, 원망들이 걷히고 네 아이를 키우느라 힘들었을 엄마가 조금이나마 이해가 되면서 꽃사슴으로 보인 것이다.

되는 일이 없는 것 같고 마음이 한없이 지칠 때, 어린 시절의 깊은 상처가 치유되지 않은 채 내 몸 어딘가를 떠돌아다는 건 아닌지 돌아볼 필요가 있다. 남이 자식 키우며 이렇게 성공했다는 자랑이나, 나 이렇게 대단한 사람이노라 호기 부리는 책으론 위로받기 힘들다. 자신의 삶의 장면을 잘게 나눠 되돌아보는 작업을 해봐야 한다. 혼자 하기 어려울 때는 과감히 상담소의 문을 두드리는 것도 추천한다. 마음 약한 사람들이나 하는 거라고 큰소리쳤는데 막상 해보면 무의식 깊은 곳에 자리 잡은 상처랑 직면할 수도 있다. 그 과거의 상처가 현재의 나를 어떻게 괴롭히고 힘들게 하는지 알게 되면 훨씬 자유로워진다. 나를 짓누르고 비난하는 목소리에서.

엄마 된 것을 후회?

맨부커상을 받아 화제에 올랐던 한강 작가의 작품『아기 부처』에 다음과 같은 구절이 나온다. '그것은 그의 잘못이 아니었다. 죄가 있다면 모두 나의 것이었다. 삶이 얼마나 긴 것인지 몰랐던 죄. 몸이 시키는 대로 가지 않았던 죄. 분에 넘치는 정신을 꿈꿨던 죄. 분에 넘치는 사랑을 꿈꿨던 죄. 자신의 한계에 무지했던 죄. _{이하 하략}'

그랬다. 삶이 얼마나 긴 것인지 알았더라면, 나의 한계를 일찍감치 자각했다면 어쩌면 다른 선택을 했을지도 모른다. 엄마가 되어 얼마나 수많은 아침을 반복해서 차려야 하는지 알았더라면, 발바닥에 차이는 아이들의 레고 장난감을 치워야 하는 나날이 얼마나 많을지 미리 알았더라면, 얼마나 많은 빨래를 널고 개야 하는지, 얼마나 자주 같은 길을 오가며 장바구니를 채워야 하는지 알았더라면, 그 반복되는 일상이 주는 무료함과 공허함을 미리 깨우쳤다면 결혼이란 선택지 앞에서 더 신중하게 더 오래 고민했을 것이다.

"너 나한테 시집 와라."

돌이켜 보면 참 멋없는 프러포즈였다. 경상도 태생 남자의 특별한 것 없는 구혼. 그런데도 가슴이 뛰었다. 결혼하면 펼쳐질 신세계에 대한 기대가 앞섰다. 사랑하는 사람과 매일 같이 먹는 저녁은 어떨까 싱싱만으로 즐거웠다. 디구니 니이 지긋하도록 사이가 안 좋은 부모님과 사는 것도 힘들었기에 새로운 가정은 약간은 '도피처'이기도 했다. 엄마는 늘 아버지가 '자신의 인생을 불행하게 만들었다'고 한탄했고 아버지는 엄마 때문에 '자신의 마음이 편할 날이 없었다'고 불평했다. 두 분의 불만 섞인 목소리가 가득한 가정 대신 사랑하는 사람과 새롭게 꾸리는 나만의 이상적인 가정에서 편안히 쉬고 싶었다. 새로운 가정이 주는 평화와 안식만을 상상했다.

결혼을 위해서 그때 다니던 직장은 포기해야 했다. 예비 신랑은 지방에서 공부를 하고 직장도 잡을 계획이라 내가 서울에서 다니는 직장을 고집하는 한, 한 지붕 아래 살 수가 없었다. 예비 신랑도 나에게 사직하고 내려올 것을 권유했다. 이곳에 와서 새로운 직장을 잡으면 되지 않냐고.

직장이 아깝다는 생각도 잠깐 들었다. 평소 친하게 지내던 상사에게 나의 사정을 털어놓자 "여기에는 평생 주말 부부를 하는 사람도 꽤 있어. 놓치기에는 아까운 직장이라는 생각 때문이지"라며 조심스레 사표 쓰는 걸 말렸다. 돌이켜보면 인생 선배로서 충고를 했던 건데 새로운 가정을 꾸리는 데 대한 설렘에 도취된 나머지 주의 깊게 듣지 못했던 것 같다. 막연하게 새로운 곳에 가면 새로운 직장이 나를 기다리고 있을 거라고 생각했다.

일자리 많은 서울에서도 취직하기 쉽지 않은 판에 지방으로 가면 얼마나 일자리 잡기가 어려운지 잘 몰랐다. 특별한 전문직도 아니면서 쉽게 이직할 수 있을 거라고 자신했다. 사회적 자아를 한번 잃고 집에 들어가게 되면 그것을 되찾기가 얼마나 힘든지 내다보지 못했던 것이다. 자신이 누구보다 사회적 자아에 대한 열망이 크다는 것조차 간과하면서 말이다. 잠시만 떨어져 있어도 서로 보고 싶은 시절이었으니 이런 계산하는 것조차 너무 속물적이라고 느꼈던 것 같다.

우여곡절 끝에 결혼하고 직장에 사표를 내고 내려왔다. 신혼 때는 지낼 만했다. 임시직이나마 기간제 교사라는 직장이 있었고 중등임용 고시를 준비해야 하는 과제도 있었으니 말이다. 또 박사 과정 중인 남편을 대신 해서 생계를 책임지는 며느리를 시부모님도 대우해 주셨다. 가끔 남편과 늦은 밤에 떡볶이를 사 먹으러 팔짱 끼고 나가는 소소한 행복에 도취되었다. 즐거운 일만 계속될 것 같았다. 여름밤 공기가 주던 상쾌한 느낌은 아직도 기억난다.

그렇게 설레는 날이 계속될 것 같았다. 하지만 인생은 호락호락하지 않았다. 고시에 떨어지고 뜻하지 않은 임신으로 혼자 집에 있는 시간이 늘어나면서 집안의 무거운 공기에 짓눌리기 시작했다. 연고도 없는 지역에 와서 아는 사람도 없었다. 일찌감치 실험실로 나서는 남편을 배웅하고 나면 좁은 거실에 혼자 우두커니 앉아 있는 시간이 밤늦게까지 이어졌다.

비로소 그리워지기 시작했다. 직장이 자리 잡았던 곳은 번화가였다. 퇴근할 때 문득 고개를 들면 하늘에 머리를 담그고 있던 플라타너스 나무들이 눈에 들어왔다. 바람이 불면 인도에 쌓인 낙엽들이 플라타너스 잎들과 함께 원을 그리며 하늘로 힘차게 올라갔다. 공원에서 열리는 공연장에서는 연일 시끌벅적한 젊음의 소리가 넘쳐났고 나는 내일 브리핑할 자료를 구상하며 4호선 지하철 계단을 총총거리며 내려갔었다. 그 시절의 생기와 열정과 보람이 몽땅 사라져 버렸다는 것을, 무료한 햇빛이 스며드는 거실 창가를 바라보며 깨달았다. 내가 어떤 기회를 놓쳐 버렸는지 뒤늦게 실감했다.

우울했다. 뱃속에선 새로운 생명이 자라나고 있었지만 상실감은 자꾸 커져갔고, 그 상실감을 느끼는 것에 대해 죄책감을 느꼈다. 아기에게 못할 짓을 하는 것 같은 느낌이었다. 남편이 밤마다 아기에게 노래도 불러주고 말도 걸어주는 등 다정하게 대해주는 걸 볼 때마다 죄책감은 더해갔다. 상실감과 죄책감이 범벅이 되어 복잡한 심경인데 시부모님까지 마음에 짐을 자꾸 지웠다.

"따르릉."

하루가 멀다 하고 전화가 왔다.

"이제 너도 집에 있게 되었으니까 남편 챙기는 데 더 신경 쓰고 내조를 잘 해야 한다."

주문은 끝이 없었다. 아침에 남편 반찬은 뭐를 해 먹이는지, 남편 건강 챙기는 데 어떤 신경을 쓰고 있는지 자꾸만 묻고 확인하셨다. 경제적 능력을 상실한 것도 날개 잃은 것처럼 서글픈데 어느덧 남편을 챙기는 데 온 신경을 써야 하는 처지에 놓인 것 같아 알 수 없는 분노까지 치밀었다. 그렇게 좁은 거실에 갇힌 임산부는 조금씩 시들어갔다.

엊그제 크리스마스를 앞두고 대학로에 갔다. 아이들과 조금은 특별한 크리스마스를 보내기 위해 서울 나들이를 실행에 옮겼다. 큰아이는 아이돌 공연도 보고 이튿날에는 온 가족이 대학로 연극을 보았다. 작은아이 눈높이에 맞추다 보니 연애물이 다수인 공연 중에서 선택할 수 있는 게 별로 없었다. 할 수 없이 동화를 원작으로 한 어린이 대상 연극을 보았다.

별 기대 없이 본 공연이었다. 많이 지루하면 살짝 눈 감고 쉴 생각도 했다. 그런데 뜻밖에도 눈물을 흘리고 말았다. 극 속에서 자꾸 커가는 아이를 두고 엄마는 시간을 아쉬워하고, 아이는 엄마 품을 떠날 생각에 안타까워하는 장면이었다. 새 생명을 임신하고도 기뻐하기보다는 우울하고 힘들어 했던 나날이 떠올랐다. 뱃속에서 자신의 힘찬 발길질에도 불구하고 슬픈 얼굴을 하고 있던 엄마를 바라봤을 아기를 생각하니 미안했다. 동시에 낯선 곳에서 사회적 관계가 다 끊어진 채 외롭고 힘들었을 철없던 임산부도 안쓰러웠다. 누가 특별히 잘못한 건 아닌 것 같은데 어쩌다 아기도, 엄마도 다 안타까운 처지가 되었었을까?

극 속에서 엄마로 분장한 배우는 힘차게 노래 불렀다.

"나도 한때는 꿈이 있었지. 그러나 꿈은 저 멀리로 가버렸어. 하지만 조금도 후회는 하지 않아. 나에겐 보석 같은 아이들이 있으니까."

옆에서 같이 보던 큰아이가 갑자기 묻는다.

"엄마도 저런 생각해? 꿈은 사라졌지만 우리가 있어서 후회 안 한다는?"

갑자기 말문이 막혀서 이리저리 눈을 굴린다. 뭔가 빨리 대답을 해줘야 하는데 얼른 생각이 안 난다. 당황하는 나를 다독이듯 어깨를 감싸며 큰아이가 말을 잇는다.

"괜찮아. 저렇게 생각 안 해도 상처 받지 않아. 사실 엄마가 후회하는 거 다 알고 있어. 엄마 이미 말했어. 좋은 직장 다녔는데 지방 내려와서 못 다니게 되었다고. 우리 낳고 키우느라 일할 기회 많이 놓쳤다고. 엄마가 그렇게 생각해도 상처 받지는 않아. 사실이 그랬으니까. 그런데 너무 한탄하고 있지는 않았으면 좋겠어.”

어른처럼 이야기하는 큰아이를 놀라서 바라보는데 아이는 속사포처럼 말하고선 바로 앉아 공연에 집중한다. 아이의 반응에 얼떨떨한데 배우들은 모든 갈등이 해결되었다고 신나게 노래 부르며 공연장을 빙글빙글 돌아다닌다.

나의 갈등은 아직 종결되지 않았다. 현재 진행형이다. 누군가가 엄마 된 것을 후회 하냐고 묻는다면 단호하게 아니라고도, 그렇다고도 말하지 못하고 머뭇거릴 것이다. 아이의 부드러운 머리카락을 쓰다듬을 때, ‘엄마’를 부르는 아이의 작고 사랑스러운 입술을 바라볼 때, 혼자 아침 체조한다고 갸우뚱거리는 아이의 작은 어깨를 바라볼 때, 아이에 대한 사랑으로 가슴이 벅차오른다. 아이들은 분명히 너무 사랑스럽다. 하지만 젊은 날 너무 쉽게 커리어를 포기한 자신에 대해서는 여전히 화가 나 있다. 사회적인 성취나 인정을 소중히 여겨왔던 자신을 망각했던 것에 대해서 스스로 용납을 못하고 있다.

아이의 속사포 같은 훈계를 듣고 보니 이제는 나를 좀 편안하게 놔주고 싶다는 생각이 들었다. 사랑하는 사람과 새로운 가정을 꾸리고 싶었던 열망이 너무나 강렬해서 다른 것들을 미처 보지 못했던 것. 젊음은 그런 거다. 미숙하고 실수한다. 자신의 한계나 자신의 특성을 제대로 인지하지 못한다. 이렇게 하면 어떤 면이 불행하고 어떤 면은 행복할지 치밀하게 계산하지 못한다. 세상 돌아가는 물정도 피상적으로는 알고 있을지언정 구체적으로 실감하지 못한다. 다만 젊었을 때는 그 나름대로 최선의 선택을 하는 거다. 그렇게 스스로 다독여야지, 과거를 끌고 다니면서 언제까지 자신을 책망할 수는 없다. 그러면 현재를 살지 못한다.

삶이 얼마나 긴 것인지 모르기에 겁 없이 결혼도 하고 아이도 낳을 수 있는 거 아닐까. 신은 우리 삶의 연속성을 위해 미숙한 젊음이 용감한 선택을 할 수 있도록 인도하나 보다.

다시 태어나면 결혼 같은 건 하지 않겠어

블로그에 올린 옛날 일기장을 들춰 보았다. 신혼 때부터 간 산이 써온 일기에는 감정의 파노라마가 그대로 담겨 있다. 젊은 부부의 설레는 출발부터 첫 아기를 출산한 감동과 고군 분투하는 '독박 육아'의 힘겨움까지. 지금 생각하면 낯간지럽 게도 신혼 때는 서로 노래도 불러주었다.

2003년 9월 30일

노래는 끝이 없다네.

어제는 모처럼 일찍 자려고 했더니 잠도 안 와서 신랑이랑 뒤척거리다 가 노래를 부르기로 했다.

내가 먼저 장난스럽게 엘비스 프레슬리 흉내를 내면서 love me tender를 불렀다. 신랑이 제대로 불러 보라고 해서 엄마한테 어렸을 때에 배웠던 The end of the world를 불렀다. 늘 노래 못한다고 구박하던 신랑이 웬일로 목소리 좋다며 칭찬을 아끼지 않았다. 신랑은 나의 신청곡 My way, Last Christmas, Take on me 등을 멋지게 불러줬다.

거슬러 올라가서 음악책에 나오는 가곡까지 부르고. 그러다 저러다 잠들었다. 끝없이 이어지는 노래 속에 잠들어서인가? 무척 아름다운 꿈을 꿨다. 자세한 내용은 기억나지 않지만. 좋은 꿈을 꾸고 싶다면. 서로 노래 불러주면서 자는 것이 방법인가보다.

이런 시절이 있었던가 미소 짓게 된다. 그때는 둘이 영화를 보고 싶으면 비디오 가게에 손잡고 가고, 간식을 먹고 싶으면 야밤에라도 떡볶이를 사먹으러 훌쩍 나가면 됐다. 일요일 점심때까지 늦잠을 자다가 마음 내키면 함께 등산을 갔다. 남편이 학생 신분이어서 돈은 없었지만 자유로웠고 동반자가 옆에 있다는 안도감에 행복한 순간이 많았다. 아기 낳고 키우는 초반에만 해도 이 분위기는 어느 정도 지속되었다.

2004년 12월 20일

오늘로서 아기 데리고 친정에서 내려온 지 1주일이 되었다. 그런데 한

달쯤 된 것 같다.

시댁과 친정을 오가며 최대한 서울에서 두 달 반을 버틴 끝에 드디어 내려왔다. 아직은 아기 때문에 정신이 없다. 남편과 나도 하루가 다르게 변하고 있다.

밤마다 둘이 아기 목욕시키고 나면 둘 다 땀으로 목욕을 하고 있는 상태다. 아기 낳기 전에는 그래도 남편 올 때쯤 머리도 매만지고 기분 좋으면 화장도 했지만 요즘 남편 올 때 되어 무심코 거울을 보면 누구신가 물어보고 싶을 정도로 부스스하다.

이제 남편이 장보기 담당이 된 관계로 냉장고를 들여다보며 떨어진 음식이나 음료수를 챙긴다. 엊그제 남편이 장보고 오면서 "요구르트가 하나밖에 없길래 더 사왔어"라고 말하는 걸 보니 벌써 주부 다 되어가네 싶었다.

부츠 하나 고르는 데도 3시간씩 걸리던 나였지만, 이제 아이 옷은 1시간 걸려 골라도 내 옷은 5분이면 끝낸다. 내가 쇼핑하는 동안 남편이 아이 붙들고 씨름하고 있을 생각을 하면 도무지 맘이 편치 않기에. 심지어 전화선 너머 남편의 당황한 목소리와 아기의 울음소리가 화음처럼 섞여 들려오면 쇼핑이고 뭐고 냉큼 돌아오기 바쁘다.

주위에 보면 참 편하게 애 키우는 사람들도 있다. 친정이나 시댁 가까이 살면서 아니면 아예 입주 아줌마를 들여서 비교적 힘들지 않게 애를 키우기도 한다. 부럽단 생각도 들지만 한편으로는 그렇게 편하게 키우면 이렇게 많은 에피소드를 쌓아갈 수 있을까 싶기도 하다.

두 사람의 작품을 키워가는 사이, 서로 어떻게 변하는지 지켜보며 때론 놀라기도 하고 때론 고마워하기도 하면서 진짜 가족이 되어가는 거 아닐까.

아기 어릴 때만 해도 이렇게 둘이 합심해서 처음 만난 '작은 인간'을 요리조리 매만져가며 키웠다. 한 사람이 아프면 다른 한 사람이 대신 아기를 돌보니까 둘이 동시에 아프면 절대로 안 된다고, 서로 아프지 않게 챙겨줘 가면서 말이다. 그러면서 가족이 되어가는 느낌이 나쁘지 않았다.

하지만 6년을 성큼 건너뛴 일기는 우울한 내용으로 가득 차 있었다.

2010년 4월 28일

출판사 에듀코치가 되었다고 했는데 남편은 전혀 달가워하지 않는다. 금전적으로 별 도움도 되지 않는 일에 뭐 하러 서울까지 왔다 갔다 하고 애까지 자기에게 맡기냐는 식으로 말한다.

정말 서운타. 왜 하는지 설명해 보라고? 나도 뭔가 할 수 있음을 스스로에게 증명하고 싶은 거다. 이런 말해봐야 어린애 치기로밖에 봐주지 않겠지.

내가 얼마나 절박한지 얼마나 끔찍한 무능감에 휩싸여 사는지 말해봐야 소용없겠지.

2010년이면 둘째 아이가 세 살 무렵이었으니 한참 힘든 격랑의 시기를 막 지났을 때다. 둘째 백일 때까지 매일 울면서 키웠다. 남편의 퇴근은 늘 밤늦은 시간이었고 도와줄 친정이나 시댁 부모님도 안 계시는데 혼자 두 아이를 감당하다 깊은 밤이 되어 아이들을 재우고 나면 눈물이 났다. 동생을 시샘하느라 떼가 는 첫째와 아직은 일거수일투족 엄마 손이 필요한 둘째를 혼자 돌보다 보면 정말 몸이 두 개로 나눠졌으면 싶었다. 첫째 책 읽어 주고 있으면 둘째가 와서 울고, 둘째 밥 먹여주면 첫째가 자기도 떠 먹여 달라고 떼를 부리는 순간의 연속이었다.

그런 식으로 24시간 중노동잘 때도 수시로 깨는 둘째 때문에 몇 년 간 3시간 이상 깊은 잠을 자본 적이 없었다.을 3년 정도 하고 나니 몸도 마음도 지치고 심한 무력감에 빠졌다. 산후 우울증 같은 게 왔다가 지나간 건지도 모른다.

나 자신이 아무 것도 이룰 수 없다는 생각, 세상 사람들에 대한 불신, 미래에 대한 깊은 불안이 마음을 지배했다. 심리학에서는 우울증을 경험하는 사람이 자기에 대한 비관적 생각, 세상에 대한 부정적 생각, 미래에 대한 염세주의적 생각으로 자동적인 부정적 사고를 갖게 되는 것을 '인지 삼제'라고 한다. 아마 나도 심리적으로 지쳐서 많이 우울한 상태였던 것 같다.

남편은 이렇게 지치고 우울한 상태에 놓인 것을 좀처럼 이해하려 들지 않았다. 작은 시도라도 해보려는 몸부림을 지지해주지 않았다. 왜 아이 키우는 기쁨과 보람을 느끼지 못하고 자꾸 밖에서 성취할 것만 찾는지 의문이라고 했다. 남편의 이런 지적에 내가 모성이 부족한 엄마인가 위축되곤 했다. 그 당시만 해도 나 역시 '모성 신화'에 갇혀 불필요한 죄책감에 휩싸이곤 했던 것이다.

사실 EBS에서 출간한 『마더쇼크』에서도 지적하듯이 본능적인 모성이란 대단히 제한적이다. 자식이 위험에 처했을 때 자신의 안위 같은 건 계산하지 않고 찰나에 움직이는 것. 그 정도다. 엄마라면 누구나 아무리 힘들어도 배려 깊은 사랑이 마르지 않는 샘처럼 솟아난다고 하는 건 모성을 지나치게 확대 해석한 결과란 거다.

심지어 17, 18세기 유럽에서는 아이들을 고아원에 맡기는 것이 유행이었다. 하지만 산업 혁명 이후 아이들이 미래의 노동력이라는 인식이 대두되면서 아이를 잘 키워야 할 '사회적 필요성' 때문에 루소 같은 사람들이 모성애를 집중 조명하기 시작했다고. 하지만 루소조차 그의 아이 다섯을 모두 고아원에 맡겼었다.

이 책에서는 '모성' '모성애'의 개념이 이렇게 만들어지는 과정에서 그 의미가 지나치게 확대되고 이를 절대 가치로 사람들이 숭상하면서 역으로 많은 엄마들이 자신의 모성을 의심하며 괴로워하는 상황이 벌어졌다고 밝히고 있다.

나 또한 다르지 않았다. 사회적인 성취에서 멀어진 자신의 처지에 좌절감을 느끼는 것이 곧 모성애가 부족한 탓이라고 여겼다. 끝없이 반복되는 집안일에 지치고 아이를 잘 키우는 건지 의구심을 느끼면서 한편으론 죄책감에 시달렸다. 나를 이해해 주지 못하는 남편에 대한 원망과 불신은 커져갔고 엎친 데 덮친 격으로 시댁 스트레스까지 받았다.

시어머니는 오직 남편과 아들 걱정이 전부이신 분이셨다. 스무 살에 결혼하셔서 남편만 바라보고 사신 분이시니 대개의 경우가 그렇듯이 나이 차이 나는 며느리와 코드가 맞지 않으셨다. 어머니는 안 그래도 상실감에 젖어 있는 내게 수시로 전화를 해서 말씀하셨다.

"애비 건강 좀 잘 챙겨라. 네가 돈을 버는 것도 아니고 애비가 덜컥 병이라도 얻으면 어쩌려고 그러니. 애비 건강 잘 챙기는 게 너를 위해서도 꼭 필요한 일인 거야."

그렇지 않아도 심란한 마음에 불을 끼었으셨다. 이런 이야기를 들은 날이면 '나도 능력 있었는데, 애들 키우느라 집에 있게 된 건데'라는 억울한 마음에 하루 종일 일이 손에 잡히지 않고 아이들한테도 공연히 신경질을 내게 되었다. 내가 뭐 하러 결혼을 해서 이 사람 저 사람에게 잔소리 듣고 사는지 회의가 밀려들었다. 당시 일기장의 다음 구절이 내 마음을 가장 잘 압축해서 표현하고 있었다.

지친다. 이 의미 없어 보이는 하루하루에. 좋은 엄마가 되고 싶은데 징징거리는 작은아이 때문에 큰아이 숙제도 제대로 못 봐주고 있다. 그렇다고 작은아이랑 확실히 놀아주는 것도 아니다. 돈을 버는 능력 있는 엄마도 아니고 집에서 살림을 잘하는 엄마도 아니고. 이도 저도 아니고 소리나 지르고 화내는 엄마가 되어 있다. 남편은 집안 꼴이 이게 뭐냐고 타박하고. 이런 상황이 너무 괴롭다. 결혼은 왜 했는지 모르겠다.

그렇게 나는 하루하루 지쳐가고 있었다. 다시 태어난다면 결혼 같은 건 하지 않겠다고 다짐하면서.

소시민과 중산층, 그 사이에서

『파우스트』에 다음과 같은 구절이 나온다.

"나는 그저 놀기만 하기에는 너무나 늙었고,
아무런 소망도 없이 살기에는 너무나 젊도다.
이 세상이 대체 내게 무엇을 줄 수 있단 말인가?"

이 구절을 '일만 하기에는 너무 늙었고 놀기만 하기에는 너무 젊도다'라고 바꿔 쓴 게 중년을 맞이하는 사람들의 솔직한 심정이 아닐까 한다. 구인구직 사이트에 가끔 나처럼 마흔을 넘어선 사람들이 이력서를 올린 걸 본다.

직장에서 일찌감치 퇴직했거나 현재 직장에 다니지만 불안하거나, 경력 단절녀이거나 여러 경우의 수가 있지만 공통분모는 '좀처럼 양질의 일자리에 재취업이 되지 않는다'이다. 청년 실업자 100만의 시대인 마당에 중장년층의 취업은 말할 필요도 없이 힘들다.

청년층이고 중년층이고 취업을 꿈꾸다 보니 취업 관련 카페도 참 많다. '독취사'라는 카페가 있길래 무슨 카페인가 했더니 '독하게 취업하는 사람들'의 약자였다. 인기 게시글은 늘 '자신감을 가지세요. 할 수 있습니다.' '자기 관리 철저히 한 사람들의 꿈은 이루어집니다.' 등 더 독하고 강하게 준비할 것을 강조하는 내용이다.

어릴 때는 학교 성적으로, 청소년 시기에는 대입 성적으로, 대학교 졸업할 때는 취업으로 끊임없는 경쟁 속에 살아가야 한다. 끝없는 의자놀이를 반복해야 한다. 의자는 9개지만 사람은 10명. 노래를 부르다 멈추면 누군가는 반드시 낙오되는 게임. 처음에는 장난으로 슬슬 시작했던 사람도 어느새 누군가의 팔을 잡아당기고 발을 걸고 머리채를 잡게 된다.

사회 안전망이 미비한 사회에서 살다 보니 '돈 못 벌면 끝'이라는 등식이 쉽게 사람들에게 먹힌다. 교육이나 의료 등 생존에 필요한 기본적인 항목이 사회적으로 보장되지 않으니 언제 나락으로 떨어질지 모른다는 불안이 팽배하다. 화폐 증식을 위한 생산 활동에 투입되지 않으면 곧장 자신의 쓸모를 의심한다.

사실 대학 시절, 나는 '세상에서 가장 낮은 사람들과 살겠노라'고 생각했다. 평생 사회 운동을 하면서 가난하면 가난한 대로, 궁핍하면 궁핍한 대로 버티겠다고 생각했다. 가난한 사람들의 편에 서서 때론 청빈한 선비로, 때론 비장한 투사로 살겠다고 다짐했다.

실제로 대학 다닐 때에도 한창 멋 부리고 예쁘게 하고 다닐 나이에 멜빵 청바지 하나로 한철을 나기도 했다. 겉모습을 꾸미고 근사한 데 식사하러 다니지 않더라도 신념대로 사는 나날은 충분히 배부르게 느껴졌다. 문제는 대학생이라는 신분이 사라지고 무소속 인간이 되었을 때 엄습한 불안감을 이길 만큼 신념이 투철하지는 못했다는 것이다. 사회적으로 부여되는 역할이 존재하지 않을 때, 그 역할을 스스로 만들 만한 근성은 부족했다.

그렇게 운동권 학생에서 소시민으로 살게 되었다. 먹고 사는 데 급급한 소시민으로 사는 것은 운동권 학생으로 살 때보

다 더 고단했다. 돌이켜 보면 운동권 학생으로 불리던 시절에
는 학점이 형편없이 나와도, 한껏 치장하고 다닐 나이에 늘
남루한 옷을 걸치고 다녀도 '마음속에 순결한 그 무엇'이 있어
버틸 수 있었다. 소시민이 되고 보니 마음속 순결한 무엇을
지키고 살고 싶어도 밀려오는 현실의 파도에 부딪혀 번번이
주저앉아야 했다.

한때 주택 대출금을 갚아야 하는 처지에 있었다. 지방 아파
트인 만큼 서울에서 빚지고 사는 사람들의 수준에 비하면 미
미한 금액의 대출이었지만 하루하루 머리가 무거웠던 기억이
난다. 아이들이 문구점에서 사소한 학용품을 사달라고 하는
것도 스트레스로 다가왔고 경조사로 어쩌다 목돈이 나가야
할 때는 신경이 날카로워졌다.

젊은 시절 절박했던 문제들이 대출금과 육아, 시댁과의
관계 등 다른 과제에 맥없이 밀려났다. 상황이 이렇다 보니
정체성을 찾아 헤매던 20대가 사치스러워 보이기까지 했다.

운동권 학생에서 회사원으로, 그리고 남편의 월급을 기다
리는, 평범한 주부로 살면서 나는 삶의 팍팍한 현실에 더 많
이 눈뜨고 그런 만큼 더 영악해지려 애썼다. 두 아이의 엄마
가 되고 보니 남들을 위해 구호를 외치고 다니던 시절이 있었
나 싶을 정도로 내 것을 챙기기에 바쁘게 되었다. 백화점에서

세일하는 물건을 뺏어들고 의기양양한 모습으로 나오는 CF 속 아줌마의 모습까지는 아닐지라도 내 가족을 위한 현실적인 수지타산에 급급하게 되었다. 젊은 시절 쓴 나의 글을 보면서도 구질구질한 일상을 살아보지 않은 젊음이었기에 이렇게 우아한 문장을 쏟아냈었나 보다 삐딱한 시선으로 보기까지 했다.

중산층의 개념을 나라별로 비교하는 교양 프로그램을 본 적이 있다. 한국은 중산층에 들기 위한 항목이 '부채 없는 30평 아파트, 월 500만 원 이상 급여, 2000cc급 중형차, 1억 원 이상 예금 연 1회 이상 해외 여행'이었다. 프랑스는 '1개 이상의 외국어, 직접 즐기는 스포츠, 1개 이상의 악기, 색다른 요리, 사회적 분노에 공감, 약자를 돕는 봉사 활동'이었다. 한국을 제외한 다른 나라에서는 약자를 돕는다는 개념이 공통적으로 깔려 있었다.

프로그램을 진행하는 심리학자는 우리나라만 이렇게 확연히 다른 기준을 가지고 있는 것이 빠른 성장의 그림자라고 지적했다. '한 지점만 달리는 경주마처럼 빨리 달리느라 다른 것들을 놓쳐도, 혹여 뒤에서 누가 떨어지거나 잃어버린 것을 주워주려고 해도 그것을 무시하고 달렸다'고 덧붙였다.

나 역시 하루하루 사는 소시민으로 살면서 정작 중요한 가치들이 무엇인지 너무 쉽게 잊은 건 아닌지 생각해 보았다. 내 아이들을 국영수 학원에 골고루 보내는 게 그토록 중요한가? 옆집 사람과 비슷한 급의 중형차를 모는 게 얼마나 의미가 있을까? 40평대 아파트에 사는 사람들은 30평대 아파트에 사는 사람들보다 더 행복한가? 해마다 가는 해외 여행을 거르면 큰일 날까? 남들이 중요하다고 여기는 가치에 나를 내맡긴 채 왜 달리는지도 모르고 줄 서서 달려가고 있던 것은 아닌지.

수영을 배울 때도 느낀 거다. 수영만큼 좋은 운동은 없다는 지인의 권유로 수영을 시작한 지 석달쯤 되었다. 어디까지나 건강을 위해 시작한 거고 대회에 나갈 것도 아니다.

첫날 물에 뜨는 연습부터 하는 걸 보고 천천히 배우면 된다고 생각했다. 그런데 웬걸 강사가 갑자기 진도를 빠르게 나가기 시작했다. 자유형을 하자마자 자유형 팔 꺾어 가기를 가르치더니 금방 배영을 시키고 내친 김에 평영까지 진도를 나가는 것이었다.

자유형과 배영까지는 오래 전에 배운 기억을 더듬어 어떻게 따라 갔는데 평영부터는 난감했다. 발동작과 손동작이 도

무지 연결이 되지 않았다. 혼자 허우적거리다가 끝나기 일쑤였다. 앞사람이 능숙하게 머리를 넣었다 빼며 쭉쭉 뻗어나가면 초조해지고 뒷사람이 어느새 바짝 쫓아와 발에 부딪힐 정도가 되면 민망해졌다. 밤마다 '평영 잘 하는 법' '평영 발동작을 손동작과 함께 하는 법' 등 동영상을 검색해서 켜놓고 조그만 핸드폰 화면에 의지하며 방바닥에서 개구리처럼 연습했다.

맨바닥에서 무릎 아프게 연습한 덕인지 서서히 평영으로 전진할 수 있게 되어 잠시 안도의 한숨을 내쉬었는데 강사는 접영의 기초를 가르치기 시작했다. 접영은 더 안 됐다. 허리를 접었다 폈다 하면서 앞으로 나가야 하는데 제자리에서 물만 코로 먹고 있었다. 핸드폰 동영상도 도움이 안 됐다. 한 사람, 두 사람 접영으로 나가는 사람이 생길 때마다 초조함이 더해졌다.

수영을 그만둘까 생각하다가 스스로 되물었다. 대회에 나갈 것도 아니고 같이 배우는 사람들과 시합을 하는 것도 아니었다. 한 시간에 네 종목을 골고루 하니까 내가 자신 있는 거 할 때는 열심히 하고 잘 안 되는 접영 할 때는 조금 쉰다고 하면 그만이다. 아무도 뭐라 할 사람이 없는데 지레 초조해져 그간 잘 해온 운동을 접을 생각까지 한 것이다.

줄 세우기의 위력을 느꼈다. 사람들이 줄 서서 수영하니 중간에서 낙오될까 은근히 두려움이 생겼다. 앞서가는 사람의 뒤통수를 보고, 뒤쫓아 오는 사람의 물장구치는 소리를 듣는 경험은 우리 사회 줄 세우기의 축소판을 경험한 듯했다.

사람들은 소시민이란 이름으로 긴 줄을 서 있다. 먹고 사는 걸 최우선 과제로 삼아야 한다고 하면서 누가 먼저 취직하나, 중형 자동차를 사나, 대형 아파트를 사나, 해외 여행을 가나 끝없는 경쟁을 한다. 서로를 곁눈질하면서 앞서가는 사람을 질투하고 뒤처진 사람은 경멸한다. 사회적 약자에 대한 배려 같은 건 갈수록 사라진다. 그 대열에서 이제 한발짝 비켜 서 보고 싶다. 내가 나이 들면서 비웃고 말았던 젊은 시절 가치. 이렇게 훼손되도록 내버려 둘 건지 자문해 본다.

없는 사람들의 편에서 한평생 희생하며 살리라 각오했던 마음으로 지금을 산다면 백화점 구경 못하고 우리 아이 주요 과목 학원에 두루 보내지 못해도 결핍을 느끼지 않을 것이다. 희생과 헌신으로 무장했던 젊은 날의 신념이 뻥 뚫린 빈 자리에, 소시민적 탐욕과 욕심만 채웠던 건 아닌지 곰곰이 되새겨 본다.

2 부

내 아이의 사춘기

네가 아플 때

휴일 저녁 무렵, 큰아이가 몸이 안 좋다고 했다. 처음에는 기침을 조금 하는가 싶더니 몸이 으슬으슬하다며 따뜻한 집 안에서도 춥다고 웅크리고 다니는 것이다. 감기인가 싶어서 해열제도 먹였지만 별로 차도가 없어 보였다. 느긋한 나는 시간이 지나면 낫겠거니 했는데 남편은 약효가 없는 게 아무래도 불안하다며 밤늦은 시간에 아이를 데리고 병원에 갔다.

"독감이래. 요즘 유행하는 B형 독감인데 속도 안 좋고 열도 많이 나고 그런대."

무심하게 그냥 감기려니 생각하고 놔뒀으면 어쩔 뻔했나

싶었다. 때로는 남편이 유난스럽다고 느껴지지만 이럴 때는 남편의 민첩한 대처가 고맙다. 남편은 아이가 집에 도착하기 전에 환기도 시키고 청소도 하고 물수건도 걸어놓으라고 당부했다.

야밤에 청소를 한다고 수선을 피우려니 옛날 생각이 났다. 큰아이가 태어났을 때 처음에는 조리원에 있었다. 조리원에서 친정집으로, 친정집에서 우리 집으로 옮겨올 때마다 누군가는 아기가 집에 온다고 온 집안을 쓸고 닦고 해야 했다. 친정으로 갈 때는 친정 엄마가 몇날 며칠 대청소를 하셨다고 했고, 우리 집으로 올 때는 남편 혼자서 구석구석 먼지 쌓인 데 없이 청소를 해 놓았다. 면역력 약한 아기가 아플까봐 걱정스런 마음에 모두들 집안을 윤기 나게 청소했다.

아이가 아픈 것만큼 걱정되고 마음 아픈 일이 있을까. 신생아 때는 너무 조용히 자고 있는 아기를 보면 가슴에 귀를 대보기도 했다. 숨 쉬는 게 맞는 걸까 싶어서. 어쩌다 열이라도 나서 보채면 초보 아빠와 엄마는 어쩔 줄 모르고 번갈아서 아기를 안고 어르며 진땀을 빼기 일쑤였다. 아이가 열난다고 덥석 찬 수건으로 몸을 닦았다가 자지러지게 우는 아기를 보고 놀라기도 했다. 내가 열이 났을 때 물수건을 대보니 그 고통이 말도 못했다. 수건을 대자마자 어금니를 얼마나 세게 깨물었는지 턱이 아팠다. 이제 겨우 백일 될까 말까 했던 신생아에게 찬 수건을 댔던 엄마의 무신경함이 새삼스레 미안할 정도였다.

이렇게 무심한 엄마라도 아이가 입원할 정도로 아프면 심장이 두근거린다. 큰아이가 네 살 때 해열제를 먹어도 열이 떨어지지 않은 적이 있었다. 사소한 감기로 시작했는데 날이 갈수록 낫기는커녕 점점 더 심각해졌다. 며칠 병원을 다닌 끝에 의사 입에서 입원하라는 말이 나왔다.

"아무래도 입원해야 한대. 집에 가서 짐을 챙겨 갖고 와야겠어."

남편에게 아무렇지 않은 척 전화를 했지만 손이 덜덜 떨렸다. 그 작은 손에 링겔 바늘을 꽂고 24시간 꼼짝도 못하고 누워 있는 모습을 보니 내가 잘 못 챙긴 탓에 벌어진 일 같고 가슴이 미어졌다. 처녀 적에 병원 홍보실에서 근무한 관계로 아픈 아이들, 그 중에서도 중환을 앓고 있는 아이들을 자주 봤지만 그때는 철이 없어 몰랐다. 그 아이들 하나하나가 얼마나 아픈 사연을 간직했을지, 그 부모가 얼마나 많은 날들 입술을 깨물며 병든 아이 앞에서 미소를 잃지 않으려 애썼을지.

작은아이는 태어나자마자 병원 신세를 졌다. 그날은 23일 새벽. 딱 예정일이었다. 새벽 4시 반쯤 눈이 떠졌다. 왠지 잠이 안 와서 뒤척거리다가 다시 잠을 청하고자 침대에 누웠는데 배가 주기적으로 아픈 것이다. 시계를 보니 대략 10분 간격이었다. 남편을 서둘러 깨워 병원 갈 준비를 했다. 아이와 남편과 함께 대강 차린 아침을 먹고 나서는 길.

그때 다섯 살이던 큰아이는 "엄마 아기 낳고 와." 그러면서 걱정이 가득한 표정.

"엄마 아기 낳고 저번에 얘기한 대로 조리원에서 2주 동안 있다가 올게."

그동안 이야기할 때는 "알았다"고 하더니 막상 긴박한 상황이 되니 "안 된다"며 고개를 강하게 젓는다. 할 수 없이 "아기 낳고 바로 집으로 오겠다"며 평소라면 안 할 거짓말을 하고 집을 나섰다.

병원에 7시 30분쯤 도착했는데 간호사가 보더니 이미 40% 이상 진행되었단다. 큰아이 때는 그만큼 진행되기까지 5시간은 걸렸는데 두 번째는 훨씬 빨랐다. 이미 무통주사도 맞을 수 없는 상황이었다. 큰아이 때 괴성을 지르며 몸부림치다가 무통주사를 맞고 신세계를 맛보았는데 둘째 때는 그 모든 고통을 끝까지 날것으로 참아야 했다. 짧은 만큼 정신이 아득해질 만큼 엄청난 강도의 고통. 그렇게 9시 25분에 둘째가 태어났다.

이제 우리도 4인 가족이구나, 자식이 둘이구나, 감동도 잠시 간호사가 아기를 안 데려오는 것이었다.

불안한 마음에 물어보니 호흡이 가쁘다는 것. 숨을 잘 못 쉬고 있다고 했다. 그때부터 불안해서 다리가 후들거렸다. 결국 큰 병원으로 옮기는 게 좋다고 해서 구급차에 갓 태어난 신생아를 태워 보내야 했다. 그 조그만 것을, 엄마도 없이 큰 병원으로 보낸다고 생각하니 잠이 오지 않았다.

뜬눈으로 밤을 보내고 다음날 남편이 병원에 갔다 왔다. 핸드폰으로 찍어온 둘째는 너무나 예뻤다. 쌍꺼풀도 있었다. 나도 모르게 눈물이 주르르 흘렀다. 울지 말라고 말하는 남편 눈에도 눈물이 맺혔다.

그때 얼마나 울면서 기도했던가. 아기만 살려 주시면 나 정말 착하게 살겠노라고, 아무것도 욕심내지 않겠다고, 평생 감사하며 살겠다고. 침대에 꿇어앉아 울음을 참느라 꺽꺽거리며 으스러지도록 손을 움켜쥐고 기도했다. 그때 눈물 콧물 흘리며 했던 기도를 참 까마득하게도 잊고 살고 있었다.

여행을 하다 보면 길을 잃을 때가 있다. 지금에야 내비게이션이 있어서 길을 잃고 헤매는 경우도 별로 없고 헤맨다 해도 금방 찾을 거라는 생각에 그다지 불안해하지도 않는다. 예전엔 달랐다. 어둑어둑해졌는데 숙소는 안 보이고 낯선 오솔길을 따라 헤매다 보면 이대로 산 속에서 밤을 새우는 건 아닌가 두려운 마음마저 들었다. 그랬다가 멀리서 간판이 희미하게 보이면 그렇게 반가울 수가 없다.

짐을 늦게 챙겨왔다는 둥, 아이들이 보채는데 내가 신경질을 냈다는 둥, 사소한 일로 남편과 말싸움을 하고 나선 여행길이라도 길을 찾다 보면 서로 두런두런 의논을 할 수밖에 없고 그러다 목적지를 발견하면 어느새 싸웠던 기억은 잊고 서로 마주 보며 기뻐했다. 고비를 넘겼다는 뿌듯함과 안도감을 함께 느끼면서.

아이를 키우면서도 그런 것 같다. 학교에 가면 우리 아이가 조금 더 발표도 잘 하고 눈에 띄는 아이였으면 싶고 학년이 올라갈수록 성적표 숫자에 연연한다. 누구 집 아이는 학원숙제도 척척 잘해가고 인사성도 밝고 심지어 친구들한테 인기도 많다고 은근히 부러워하기도 한다. 아이가 어릴 때 둥둥둥 북소리만 내도 고 입이 귀여워서 미소 짓고 종이접기하는 작은 손이 사랑스러워서 사진도 찍어 놓고 했던 기억은 다 잊고서. 그러다 아이가 아프면 엄마도 아빠도 한순간에 그 모든 욕심을 날려 버린다. 오직 건강하게만 해달라고 겸손하게 기도한다. 옆집 아이와 비교해 가며 부질없는 기대와 욕심으로 아이를 주눅 들게 했던 것을 가슴 아프게 돌아보면서.

이렇게 아이가 아플 때마다 부모들은 아무 것도 해줄 수 없는 자신을 돌아보며 아이를 다그쳤던 걸 반성하고 아이를 지켜 달라고 한없이 겸허한 자세로 기도하게 된다. 마음에 균열이 일었던 부부도 아픈 아이를 간호하며 다시 한마음이 되기도 한다. 길을 잃었을 때 제발 희미한 불빛이라도 보이기를 바라는 간절한 심정으로 하나가 되는 것처럼 말이다.

독감에 걸렸다고 학교에도 안 가고 하루 종일 빈둥거리는 큰아이가 요번엔 밉지 않다. 하루 종일 속이 울렁거린다며 힘없이 있는 모습이 안쓰럽다. 시간 맞춰 약을 챙겨 먹는 모습은 기특하기까지 하다. 평소에 학교 다니랴, 학원 다니랴 힘들었겠다 싶다. 아이는 핸드폰 보지 말라는 잔소리도 듣지 않고 공부하라는 지적도 안 당하니까 아주 살겠다 싶은 표정이다. 핸드폰을 하다하다 지쳤는지 엄마 화장품들을 세워 놓고 스케치를 하거나 피아노를 열심히 두드리는 등 평소에 안 하던 취미생활을 한다.

학원에 일일이 못 간다고 문자를 보내다 보니 아이가 이렇게 많은 학원을 다녔구나 생각해 보게 된다. 비록 학원 숙제를 야무지게 다 해가지는 못했어도 이 학원, 저 학원 다니며, 각 학원에서 내주는 과제를 해가려고 제 나름대로 애썼던 모습도 떠오른다.

그런데도 오늘도 숙제 다 못하고 가냐고, 그런 식으로 할 거면 학원 다 끊으라고 나가는 아이 뒤통수에 대고 소리도 많이 질렀다. 어쩌다 옆집 아이가 밤 새워 숙제해서 걱정이라는 옆집 엄마의 자랑인지, 하소연인지를 들은 날은 더했다. 학교 다녀오자마자 바로 학원 가는 게 힘들다고 울상을 짓는 아이에게 따뜻한 위로 한 마디 건네는 데 인색했다. 남들 다 하는 공부 뭐가 그리 힘드냐고, 학원에 다니고 싶어도 못 다니는 애들이 얼마나 많은지 아냐고, 절대로 아이에게 하지 않을 거라고 생각했던 말들을 거리낌 없이 쏟아냈다.

엄마의 윽박에 주춤거리며 학원 가방을 메는 아이를 보고도 가엾다는 생각은커녕 뭐가 되려고 그러나 혼자 걱정과 푸념을 늘어놓았다. 아이가 뭐가 될지 진정으로 걱정한 건지, 아이가 내 욕심을 못 채울까봐 조바심을 낸 건지 아픈 아이를 간호하면서 되돌아본다. 눈물을 삼키며 했던 오래 전 기도를 떠올리면서.

네가 던진 '마법의 봉'

제주도에 가면 '도깨비 도로'라고 불리는 길이 있다. 분명히 오르막길로 보이는데 이곳에 차를 세워 두면 차가 슬금슬금 올라간다. 신비의 도로라고도 불리는 이곳은 사실은 경사 3도 가량의 내리막길이라고 한다. 그런데 주변 지형 때문에 착시 현상을 일으켜서 오르막길로 보이는 것이라고.

얼마 전에 제주도에 놀러 갔을 때 아이들과 이곳에서 물병을 굴려봤다. 신기하게도 물병이 데굴데굴 올라가는 것이었다. 아무리 봐도 오르막길인데 사실은 내리막길이라니 우리 눈이 일으킨 착각으로 재미난 관광 명소가 생겼다는 생각이 든다.

아이들을 바라보는 부모의 시각에도 이런 착시 현상이 있는 듯하다. 아이들은 아직 미성숙하기 때문에 가끔 어른들 눈에 거슬리는 행동을 하기 마련이다. 문제는 이런 상황이 닥쳤을 때 남의 집 아이면 그러려니 하고 넘어가는데 우리 집 아이라면 확대 해석하며 걱정하고 화를 낸다.

아이들은 각자 자기의 속도대로, 자신의 모양대로 커가고 한 계단 한 계단 성장의 계단을 밟아 올라가는데 부모 눈에는 아이가 한없이 내리막길로 가는 것처럼 보인다. 불쑥 붙잡고 '아이의 장점과 단점을 열 가지씩 열거해 봐라'라고 말한다면 단점은 줄줄 나열하면서 장점은 한두 개 말하기도 힘들어하는 부모가 많을 것이다. 이런 착시 현상으로 아이의 일상을 간섭하고 지적하며 개입하는 경우가 많다.

그러다 어떤 사건을 계기로 아이를 새롭게 보는 순간이 온다. 아이를 키우다 보면 이런 사건을 맞닥뜨리게 되는데 지나고 보면 이때를 기회로 삼아야 한다는 것을 깨닫게 된다. 나역시 아이가 갑자기 던진 한 마디로 아이에 대한 시각이 조금 달라지기 시작했다.

"엄마, 나 영어 연극 대회에 나가려고 해."

"영어 연극 대회?"

"어, 그래서 아이들을 모으는 중이야."

사실 아이가 자청해서 무슨 대회에 나간다고 하는 게 처음이었다. 그것도 영어 연극 대회라니. 아이가 다니는 학교에는 영어를 원어민처럼 능숙하게 하는 아이들이 많았다. 어릴 때부터 영어 유치원을 다니며 실력을 쌓은 아이들도 많았고 '귀국 학생반'이 있을 만큼 외국에서 살다 온 아이들도 흔했다. 그래서 영어 연극은 사실 그 학생들이 독주하는 무대라고 해도 과언이 아니었다.

영어 유치원을 다닌 것도 아니고, 외국 생활 한번 한 적 없는 아이가 그 아이들을 경쟁 상대로 대회에 나간다고 했을 때 공연히 아이가 좌절감만 느끼는 것은 아닐까 지레 걱정을 했다. 알아보니 아이 반에는 이미 원어민 수준으로 영어를 구사하는 아이들이 모인 '드림팀'이 구성되어 대회를 준비하고 있었다. 염려는 되었지만 모처럼 아이가 자청해서 대회를 나간다고 하니 믿고 기다려 주는 수밖에 없었다.

아이는 '드림팀'에는 끼지 못했지만 대회에 나가고 싶어 하는 아이들을 물색해 일일이 설득하고 다니는 것 같았다. 우여곡절 끝에 팀이 구성되었지만 팀내 영어를 잘 하는 아이들이 많이 있지는 않았다. 심지어 영어를 너무 늦게 시작해 학교에서 별도의 보충 학습을 받아야 하는 아이도 끼어 있었다.

대회를 준비하는 아이들과 엄마들이 모인 첫날. 엄마들은 말은 안 했지만 걱정이 가득한 표정이었다. 아닌 말로 같은 반 드림팀하고 나란히 대회에 나갔다가 너무 비교당하는 것은 아닐까. 아이들이 괜히 상처 받지는 않을까. '영어 울렁증'이라는 말이 있을 만큼 우리나라 사람들은 영어에 관한 한 소심하고 예민하지 않은가. 엄마들의 걱정을 아는지 모르는지 아이들은 시나리오 구성을 하느라 열띤 토론을 벌였다.

동물들이 차례차례 기차를 타는 동화책에서 아이디어를 얻은 한 아이의 제안으로, 등장인물들이 사회적인 문제를 하나씩 다루며 기차를 타는 내용으로 윤곽이 잡혔다. 생각보다 아이들은 자신을 둘러싼 세상에 참 많은 관심을 갖고 있었다. 성적 위주의 학교 교육, 왕따 문제, 환경 문제 그리고 당시에 이슈가 되었던 세월호 사건까지. 아이들은 고민하고 또 고민하며 시나리오를 완성해 갔다. 완성된 시나리오를 영어로 옮기는 과정도 쉽지 않았지만 선생님한테, 친구들한테 물어가고 도움을 받으며 포기하지 않고 해냈다.

매일 밤마다 모여 연습하는 아이들의 표정에는 비장함마저 있었다.

"이곳 사람들은 너무 공부만 시키고 나의 꿈이 무엇인지 관심도 없어. 그래서 나는 기차를 타고 가고 싶어."

"이곳 아이들은 나를 따돌리고 상처를 줘. 그래서 나는 기차를 타고 가고 싶어."

"사람들의 욕심 때문에 이곳에는 악취가 가득하고 쓰레기
가 넘쳐 나. 그래서 나는 기차를 타고 가고 싶어."

"어른들의 이기심과 탐욕 때문에 이 배가 가라앉고 있어.
나를 얼른 기차에 태워 줘."

대사는 그저 연극 속의 죽은 언어가 아니라 살아 있는 아이
들의 목소리였다. 비인간적인 경쟁에 내몰린 아이들의 마음
속 진심이 울려퍼지는 듯했다. 누가 대신 써준 대본이 아니라
자신들의 목소리를 담은 대본에 아이들은 몰입했고 그 열정
이 고스란히 느껴졌다.

드디어 대회 날. 아이를 학교에 보내고 어떻게 했을까 초조
한 오후를 보냈다. 다행히 아이들은 실수 없이 무대를 마치고
내려왔다는 이야기를 전해 들었는데 나중에 담임 선생님에게
연락이 왔다.

"어머니, 공연을 본 선생님들의 만장일치로 일등이에요."

"네? 일등이요?"

"네, 언니 오빠들도 다 제치고 다른 팀들과는 압도적인 차
이로 일등이에요. 공연을 보는데 선생님들이 감동을 해서 소
름이 끼칠 정도였다고 해요."

소식을 전해들은 아이는 주먹을 불끈 쥐고 폴짝폴짝 뛰면

서 좋아했다. 보충 학습을 할 정도로 영어 실력이 부족하던 아이 엄마는 내게 전화를 해서 "이번 대회를 계기로 우리 아이가 영어를 좋아하고 자신감도 갖게 되었다. 대회를 제안해 준 댁의 아이에게 너무 고맙다"고 말했다. 누가 하라고 한 것도 아닌데 주도적으로 아이가 나서서 이룬 작은 성취가 대견해 보였다.

환상적인 팀워크를 보여준 아이들은 내친 김에 더 큰 도전을 하기로 했다. 이번에는 학교 대회가 아니라 전국 단위의 대회였다. 창의력을 겨루는 대회인데, 연극도 준비하고 탐구 학습 과제도 해내야 하는 난도가 높은 대회였다. 처음에는 가벼운 마음으로 시작했는데 아이들이 덜컥 시의 대표로 뽑히게 되었다. 서울에 가서 2박 3일 동안 지내며 전국에서 모인 아이들과 대회를 치르게 되었다. 막상 시의 대표로 뽑히고 보니 어깨가 무거웠다.

학교에서, 학원에서 힘든 일과를 마친 아이들은 다시 저녁 늦게 모여 대본을 외우고 연습을 시작해야 했다. 더운 여름에 연습할 장소도 마땅치 않아 인근 공원에서 땀을 흘려가며 큰 목소리로 대사를 외우고 동작을 맞췄다. 그런데 아이들이 표현하기 민망할 수 있는 과감한 동작도 때로는 필요했다. 사춘기가 시작된 여자 아이들로서는 힘들었다. 열정적으로 연습하던 아이도 "이 동작은 빼주면 안 되냐"며 난색을 표했다. 아이가 주문을 외우며 '마법의 봉'을 높이 던졌다가 잡는 장면은 어렵기까지 했다. 떨어뜨리기 일쑤였다. 공연히 떨어뜨려 망신을 당하느니 이 장면을 빼자는 의견도 나왔지만 내용상 절정에 해당하는 장면이라 없애기도 힘들었다. 그저 연습할 수밖에 없었다.

고된 연습에 지친 아이들이 가끔은 눈물을 보이기도 했다. 이거 왜 시작했는지 모르겠다며 하소연도 했다. 그렇게 힘들게 두 달을 보낸 끝에 코엑스에서 열린 대회에 발을 디뎠다. 전국 각지에서 모인 아이들로 꽉 찬 코엑스 전시장. 아이들이 무대에 올랐다. 의외로 침착하게 공연을 이어갔고 중간에 소품을 잘못 챙겨 나왔지만 기지를 발휘해서 무사히 넘겼다. 드디어 우리 아이가 '마법의 봉'을 던지는 순간 정적이 감돌았다. 높이 떠올랐다가 떨어지는 봉은 너무나 다행히도 아이의 손에 착 감겼다. 봉을 손에 쥐고 관객을 바라보는 아이의 표정이 빛났다. 수없이 던지고 놓치고 때론 바닥에 주저앉아 못하겠다 푸념도 한 끝에 잡은 '마법의 봉'.

대회를 마친 아이들은 서로 손을 마주잡고 "우리가 해냈다"며 감격했다. 힘들었던 만큼 서로에게 잊을 수 없는 기억이 된 것이다. 전국 대회에서 특별한 수상은 못했지만 아이들은 개의치 않았다. 두 달간 흘린 땀이 주는 값어치를 체험하는 것만으로 충분했다.

지금도 가끔 아이가 '마법의 봉'을 던지던 순간이 짜릿하게 떠오른다. 내 아이가 저렇게 야무진 입매를 갖고 있었던가. 저렇게 단단한 주먹을 지니고 있었던가. 부모들에게 그렇게 마법의 순간이 찾아올 때가 있다. 아이의 눈길이나 손길 어느 것 하나 예사롭게 보이지 않는 순간. 그 순간을 오래오래 간직해야 한다. 그리고 가끔 아이가 내리막길을 가고 있다고 생각될 때, 그 착시의 순간에 꺼내보자. 그러면 아이가 내려가고 있는 게 아니라 조금씩 성장해 가고 있음이 제대로 보일 것이다.

네가 가진 취미를 응원하기까지

큰아이가 다니는 학원에 유독 입이 거친 남자 아이가 있었다. 언제부터인지 큰아이만 보면 험한 욕을 하고 심지어 "애들이 너희 엄마 욕하고 다니는 거 아냐?"라며 근거도 없이 엄마 흉까지 보는 것이다. 그 아이가 대체 왜 그러는지 모르겠다고 주위 엄마들에게 하소연했더니, "아유, 그 집 애 유명하잖아. 입만 거친 게 아냐. 그 집 애가 주차장 위의 차 지붕에 올라가서 뛰어다니는 바람에 차 몇 대를 파손시켰대. 그 중에는 새 차도 있었는데 그거 다 물어주느라 엄청난 돈이 들었다나봐. 걔가 난폭하고 그래"라는 답이 돌아왔다.

말만 거친 줄 알았는데 행동까지 그럴 줄이야. 가까이 하면 안 되겠다는 생각도 들었다. 그 집 엄마는 그 나름대로 얼마나 속이 탈까, 자식 둔 입장에서 남일 같지 않고 안타까운 마음도 생겼다. 우리 아이를 괴롭히는 그 아이가 처음에는 밉기만 했지만 어쩌다 그렇게 문자 그대로 질풍 노도의 시기를 보내게 된 걸까 안쓰럽기도 했다.

그 집 엄마도 아이 어릴 때부터 안면은 있었던 사람인데 얌전하고 여성스러운 스타일이었다. 아이 교육에도 관심이 많아서 학습지는 뭘 시켜야 하는지, 운동은 어떤 기관에 보내서 배우게 할지, 한의원은 어디가 믿을 만한지 등을 꼼꼼히 챙기는 사람이었다. 조신하고 세심한 엄마가 아이를 바지런히 키우는 모습이었는데, 어쩐 일인지 세월이 지나 그 인사 잘 하던 아이가 차 부수고 다니는 말썽꾸러기가 된 것인지 알 수가 없다.

흔히 사춘기 아이들의 뇌에서는 성인의 뇌로 거듭나는 복잡한 재배치가 이루어진다고 한다. 아이들의 감정이 요동치고 예상치 못한 행동을 하는 이유가 여기에 있다고.

그런데 이 대목에서 궁금한 것은 우리 세대의 사춘기다. 지금 중년의 세대라고 해서 사춘기를 건너 뛰어 어른이 된 것이 아니다. 과거의 아이들도 사춘기를 겪었는데 현재의 아이들처럼 요란하게 겪지 않았던 이유는 무엇일까? 차를 부순 것도 심각한 일이지만 뉴스를 통해 접하는 소식은 더 아찔하다. 차마 눈뜨고 볼 수 없을 만큼 잔인하게 친구를 때린 아이들의 기사가 신문 지상에 연일 오르내리고 청소년 비행이 사소한 일탈의 수준을 넘어 범죄로 가는 경우도 흔하다.

사춘기 아이들의 뇌가 재배치되고 감정이 요동친다는 것으론 과거보다 이런 일들이 더 비일비재한 이유를 설명하기 어렵다. 아이들이 막다른 골목으로 몰린 불량배마냥 난폭해지는 원인을 두고 청소년 문제 전문가들이 과도한 경쟁과 입시 스트레스 등을 언급하는 것이 참 상투적으로 들리는데 딱히 그 지적이 틀린 것도 아니다. 문제는 원인이 그렇다 치더라도 이렇다 할 대안이 없다는 것이다.

극심한 경쟁을 완화하고 학벌 중심의 풍토를 개선한다고 블라인드 채용을 한다느니, 능력 중심의 사회를 만든다느니 많은 시도가 이루어지고 있다. 그 시도가 무의미한 건 아니다. 하지만 블라인드 채용을 하니 화술을 키워주는 신종 학원이 생겼다. 호감을 주기 위한 성형도 유행이란다. 차라리 학벌을 보는 게 나았다는 구직자들의 푸념마저 들린다. 북유럽 같은 복지 국가가 되든가, 사회 구조와 사람들의 의식에 일대 변혁이 일어나든가, 그렇지 않고서는 너를 제치고 내가 살아

남아야 하는 끝없는 경쟁은 이래저래 계속되는 것이다.

피 말리는 경쟁에 아이를 내보내기에 앞서 부모들은 학벌이란 갑옷도 입히고 스펙이란 방패도 쥐어주고 기왕이면 사회성도 갖춰 무시무시한 삼지창을 선점하기를 바란다. 경쟁자를 쳐내고 살아남기를 응원하면서. 그 중에는 갑옷을 거뜬히 입고 재빠르게 달리는 아이들도 있지만 갑옷이 무겁고 답답해서 숨차고 방패를 들기엔 힘이 없고 삼지창을 잡기엔 겁이 나는 아이들도 있다.

일찌감치 대열에서 이탈해 풀밭에 앉아 쉬거나 우물가에 모여 도란도란 이야기를 나누거나 지나가는 양떼를 구경하는 아이들도 있다.

우리 아이에게는 그 양떼가 비투비라는 가수였다. 어느 날부터 아이는 '비투비' '비투비' 노래를 하더니 '굿즈'라는 걸 하나 둘씩 사 모으기 시작했고 핸드폰 화면은 가수들로 가득 차기 시작했다. 오죽하면 둘째가 그랬을까.

"엄마, 언니는 정말 대단해. 언니 핸드폰에 비투비 사진들 캡처를 천 장을 넘게 했더라고."

핸드폰을 들여다보며 뭘 그렇게 하나 했더니 빛의 속도로 사진 캡처를 해 왔었나 보다. 1년 전 나라면 천 장 넘는 사진 캡처에 질색하며 핸드폰을 압수해 버렸을지 모른다. 핸드폰 요금 내던 걸 중단하겠다고 협박도 했을 거다.

하지만 아이가 질풍 노도의 시기를 겪으며 학교 가기 싫다고 드러누워 버린 사건을 겪은 부모들이라면 마음가짐이 달라진다. 학교에 가봤자 아무도 내 편은 없다고 눈물 흘리며 안 가겠다고 버티는 아이를 보면 "다녀오겠습니다!" 씩씩하게 말하며 나가는 뒷모습을 보는 것도 사실 축복이었다는 걸 뒤늦게 깨닫게 된다.

다행인 건 아이는 여전히 엄마와 교감하기를 원했다. 어릴 때와 마찬가지로. 작은아이가 백 일도 채 안 되었을 무렵, 모유 수유를 한다고 하루 종일 아기만 안고 있는 엄마를, 다섯 살 큰아이는 목이 빠지게 기다렸다. 엄마가 나를 언제 한번 봐줄까 애태우면서.

분유 수유하는 아기와 달리 모유 수유하는 아기들은 일반적으로 짧은 잠을 여러 번에 걸쳐 잔다. 모유가 콸콸 나오면 좋겠지만 그렇지 않은 경우도 많아서 소량의 식사를 마치고 짧은 잠을 자는 식이다. 배부르게 먹어야 오래 자는데 그렇지 못했다.

그날도 깼다 잤다를 반복하는 작은아이를 온종일 안고 돌보느라 기진맥진해 있었다. 늦은 밤이 되어서야 간신히 깊은 잠을 재우고 거실로 나와 보니 큰아이가 게임 세트를 꼼꼼하게 세팅해 놓고 기다리고 있었다. 자질구레한 게임 아이템들을 작은 손으로 일일이 정렬해 놓고 엄마가 아기 재울 때까지 숨죽이고 있었던 것이다.

"엄마, 아기 재웠어? 나 이거 엄마랑 하려고 만들어 놓은 거야! 이제 나랑 놀 수 있는 거지?"

해맑게 물어보는 큰아이에게 날카롭게 쏘아붙였다.
"엄마 피곤한 거 안 보이니? 엄마가 기계야? 하루 종일 집안일하고 아기 보고 이제 간신히 재웠는데 또 너랑 놀자고? 어쩌면 그렇게 너 놀 생각만 하고 엄마 힘들 거란 생각은 안 하니?"

남편한테나 할 푸념을 다섯 살 아이에게 신경질을 더해 쏟아 부었다. 아이가 얼마나 상처 받았을지 지금 생각해도 가슴이 아프다. 그렇게 엄마 바라기인 아이는 뇌가 재배치된다는 사춘기 때에도 여전히 엄마와 소통하길 원했다.

　학교 생활을 힘들어하는 아이를 보고 조금씩 욕심을 덜어내기 시작했다. 학교 가기 싫은 날은 쉬게 해주고 학원도 못 가겠다고 하면 다 끊었다. 하루 종일 빈둥거려도 잔소리 하지 않았다. 아이는 서서히 기력을 회복하는 것 같더니 텔레비전 드라마를 보기 시작했다.

　사실 드라마를 은근히 혐오하는 나였다. 드라마를 본다는 건 뭔가 잉여인간이 됐음을 스스로 시인하는 행동인 것처럼 느껴졌다. 이런 나의 편견 때문에 우리 아이는 초등학교 고학년이 되도록 드라마라는 걸 보지 못했다. 아이들이 학교에 와서 저미디 어제 본 드라마 주인공들의 극적인 해후를 이야기하며 흥분할 때에도 우리 아이는 할 말이 없어 가만히 듣고만 있어야 했다.

　그런 내가 아이와 함께 『도깨비』라는 드라마를 보기 시작했다. 처음에는 의무감에 봤는데 어느새 잠자던 아줌마의 연애 세포도 깨어나고 '내가 저 배우를 좋아했었지'라는 오래 전 기억도 떠올랐다. 어쩌다 드라마를 보다가 소파에서 슬그머니 일어나 방으로 들어가려고하면 아이는 "엄마도 같이 봐!" 하면서 잡아당겼다. 드라마를 보면서 아이가 다시 웃기 시작했다.

드라마 다음 아이가 집중하기 시작한 대상이 바로 비투비였다. 유튜브 동영상을 찾아보는 데 만족하지 않고 "콘서트에 가겠다"고 선언했다. 생각보다 비싼 티켓 비용에 망설이기도 했지만 아이가 너무나 기대하며 가고 싶어 하는 걸 보니 보내줘야겠다는 생각이 들었다. 일산까지 데려다 주고 또 끝날 무렵 때맞춰 공연장 앞에서 기다렸다. 안에서는 '꺄악~' '네~' 소리가 번갈아 들렸다. 추위에 발을 동동 구르며 기다리고 있으려니 어느새 부모들이 하나 둘 좀비처럼 나타나기 시작했다.

다들 아이들이 벗어 놓고 간, 오리털 코트를 품에 안고 언제 끝나나 기웃거리고 있었다. 안내 요원이 공연이 지연되어 한 시간 이상 늦게 끝난다고 하자 너무 하는 것 아니냐고 서로 성토하기도 했다.

기다림에 지쳐 다리에 감각이 없어질 무렵, 공연장 문이 열리고 아이들이 쏟아져 나오기 시작했다. 부모들은 저마다 목을 빼고 아이의 이름을 부르기도 하고 손을 흔들기도 했다. 자신의 아이와 만나면 이산 가족 상봉한 것처럼 기뻐했다.

"엄마! 나 여기 있어!"

스탠딩 콘서트라 세 시간 넘게 서 있어서 힘들 법도 한데 큰아이는 지친 기색 없이 밝게 웃는다.

"나 너무 감동해서 세 번이나 울었어!"

들떠서 콘서트 한 장면 한 장면을 설명하느라 바쁜 아이를 보니 오고가느라 고생한 보람이 느껴진다. 궁금하다. 저 많은 부모들도 나와 같은 사연을 거쳤을까? 경쟁의 대열에 밀어 넣었던 아이가 지쳐 쓰러져 있는 걸 보고 마음 아파하며 일으켜 세웠을까? 초점 없는 아이의 눈동자에 생기를 불어넣어준 비투비가 차라리 고마웠을까? 그래서 이 비싼 콘서트에 데려다 주고 데리고 가는 수고로움을 마다하지 않는 걸까?

옆에서 내내 떨며 서 있던 한 엄마는 아이가 나오지 않는지 계속 핸드폰으로 문자를 보낸다. 공연히 신경이 쓰인다. 아이들이 거의 다 나왔다고 생각되던 때, 요즘 유행하는 발끝까지 오는 검은 패딩을 입은 한 아이가 달려오자 엄마가 반갑게 얼싸안는다. 총총히 사라지는 모녀를 보며 어떤 사연으로 이곳에 온 걸까, 혼자 상상해 본다.

네가 이상한 게 아니야

학교 다녀온 큰아이가 영 기운이 없다. 힘없이 신발을 벗더니 인사도 하는 둥 마는 둥 방으로 들어가 버린다. 방문을 열어 보니 가방도 어깨에 멘 채 우두커니 의자에 앉아 있다.

"무슨 일 있어? 왜 그래?"
"아니야."
"왜 그래, 무슨 일인데?"
"오늘 00이랑 같은 조가 됐거든?"
"그런데?"
"00이가 나랑 같은 조 됐다고 싫다면서 책상에 얼굴을 파묻는 거야. 나중에 보니까 눈물까지 흘리더라고."

"…."

"00이가 원래 작은 일에도 잘 울고 그래. 선생님이 00이를 나무라면서 사회 생활 어떻게 할 거냐고 그랬어."

"그래, 걔가 유난스럽네. 네가 뭐 어쨌다고 울기까지 해?"

"그런데 엄마, 나도 그렇게 생각은 하는데…. 내가 좀 이상해? 그래서 그렇게 싫어하는 건 아닌가 걱정도 돼."

시무룩한 아이의 표정을 보니 말문이 막힌다. 우리 아이와 같은 조가 됐다고 면전에서 운 여자 아이가 너무하다는 생각 한편으로 걱정도 밀려든다.

육아서나 자기계발서에 자존감에 대한 내용이 참 많이 나온다. 자신이 존재 그 자체만으로 소중하다는 걸 자각하고 어떤 상황에서도 자신에 대한 믿음과 애정을 잃지 말라고. 그런데 몇이나 있을까? 바로 옆 사람이 "난 네가 싫어"라면서 눈 앞에서 미움이나 혐오를 드러낼 때 끄떡없이 자존감을 지킬 수 있는 사람이.

오래 전 중학생 때 성당에서 주관하는 수련회에 간 적이 있었다. 그때만 해도 성당을 열심히 다니지도 않았고 같은 또래들의 공동체 활동에도 참여한 적이 없었는데 다녀오면 분명히 도움이 될 거라는 부모님의 강권에 마지못해 가게 됐다.

가서 보니 나만 빼고 평소에 성당 활동을 하면서 다 친한 아이들이었다. 아이들은 낯선 이방인을 껴주지 않았다. 버스에서부터 시작됐다. 내 옆자리에는 아무도 앉지 않았다. 누가 앉을까 싶어 가방을 무릎에 올려놓고 약간은 떨리는 마음으로 기다렸지만 끝내 내 옆자리는 비었다.

앞뒤 자리에서 재잘재잘 떠드는 아이들의 소리를 들으며 혼자 쓸쓸히 가야 했다. 아무도 나와 앉기를 원치 않는다는 것. 그 자체만으로 상처였는데 도착해서는 더 큰 상처가 기다리고 있었다. 율동하고 노래하고 기도하는 시간 내내 혼자였던 건 그렇다 치는데 잘 때가 문제였다.

아이들이 이불에 일렬로 누워서 베개를 배에 깔고 떠들며 노는데 내 자리는 없었다. 방의 끝에서 끝까지 자리가 꽉 차서 어떻게 해야 하나 엉거주춤 한참을 서 있어도 누구 하나 쳐다 봐주는 아이도 없다. 밖에서는 선생님들이 취침 시간이라며 불을 끄라고 재촉했다. 할 수 없이 아이들의 발 밑, 빈자리에 남는 이불 하나를 대강 펴고 웅크리고 누웠다. 아이들에게 자리가 없으니 옆으로 바짝 붙어 누우라고, 내 자리 좀 만들어 달라고 말해도 됐을 텐데, 아무도 나에게 말 한 마디 안 걸어주는 소외된 상황에서 그런 용기가 안 났다.

그때 발 밑에서 잔 기억이 꽤 상처였나 보다. 아직까지 기억이 생생한 걸 보면 말이다. 투명 인간 취급 받았던 것도 이토록 오랜 기간 상처가 되는데 하물며 대놓고 싫다는 친구를 보면서 아이가 받았을 상처를 생각하니 가슴이 먹먹해진다.

『세상에서 가장 향기로운 목소리』를 보면 식물에 대한 놀라운 여러 사례가 나온다. 남태평양 솔로몬 제도의 어떤 마을에서는 나무가 너무 커서 도끼로도 베기 어려울 때 모두 그 나무 곁으로 모여 한달 동안 고함을 지르고 욕을 한다고 한다. 그러면 신기하게도 나무는 기력을 잃고 쓰러진다고.

멀리 남태평양까지 갈 것도 없다. 집에서 양파 갖고 실험한 사례가 종종 인터넷에 올라온다. 양파 뿌리를 물에 담그고 하나의 양파에는 자상한 인사를 건네고 하나의 양파에는 계속 욕을 하면 욕을 먹은 양파는 썩어 버린다.

말 못하는 식물도 그럴진대 한참 또래 집단이 중요한 아이가 친구에게 눈총 받고 싫은 소리 들으면서 견디기가 쉽겠는가. 그런 생각을 하다 보면 아이가 얼마나 있는 힘을 다해 하루하루를 버티고 있는 건지 생각하게 된다.

학교에서 모둠으로 숙제를 내주는 것도 우리 아이에게는

가끔 상처가 된다. 한번은 네 명이 한 조가 되어 숙제를 해야 했는데 어쩌다 남자 아이 셋과 한 조가 된 것이다. 같이 자료 찾고 토론하며 준비해야 하는데 어쩐 일인지 우리 아이에게는 말 한 마디가 없었다. 나중에 보니 셋이 자기네끼리만 준비했던 것. 우리 아이는 졸지에 숙제 안 한 사람이 되었다.

"그건 네 잘못이 아니잖아. 걔네가 의도적으로 너만 빼고 한 건데. 그런 건 선생님한테 얘기해."

"엄마, 선생님한테 말한다고 해도 달라지는 건 없어. 오히려 고자질한 애로 애들한테 더 찍히기만 해."

눈물을 글썽이며 말하는 아이를 보니 이 학교 교육 시스템에서 내가 아이에게 무엇을 해줄 수 있을까 가슴이 답답했다. 대체 왜 이렇게 살벌해졌을까. 왜 이토록 배려심이 없는 걸까. 날이 갈수록 선을 긋고 타인을 배척하는 '끼리끼리' 문화가 더 심해지는 것 같다.

늦은 나이에 고시 준비를 하는 지인은 요즘 젊은 사람들의 문화에 충격을 받았다고 한다. 인터넷에서 고시 공부를 위한 스터디를 모집하는데 '00대학 이상 졸업한 자'로 자격을 제한하는 경우를 심심찮게 본다고 했다. 10여 년 전만 해도 차마 내걸지 못한 자격 조건이다. 마음 한편으로는 기왕이면 좋은 대학을 나온 똑똑한 사람하고 스터디를 하고 싶더라도 이렇듯 노골적으로 쓰지 않았다. 지나치게 배타적인 자세라고 생각해 자제했는데 요즘에는 이런 배려심이나 자제력이 사라지는 것 같다.

소수자나 약자를 배려하고 그들을 위해 조금 양보하는 것을 중요한 덕목으로 쳐주는 대신 오직 강자가 되거나 강자의 힘을 빌려 경쟁에서 이기는 것만을 추구한다. 그 과정에서 타인의 감정이 어떻게 다치든 상관하지 않는다.

부모들도 아이가 어떤 '인성'을 갖고 어떤 '인생'을 살 것인지에 대해서는 무관심한 경우가 많다. 오직 눈앞의 성적을 올리는 것만이 다라고 가르치기도 한다. 내가 아는 한 엄마는 "절대 왕따 당하는 애 근처에도 가지 말고 공부나 열심히 해"라고 당부한다고 해서 충격을 받았다. 그 엄마가 밝힌 이유인즉, 따돌림 당하는 애의 경우 사건 사고가 있기 마련인데 공연히 그 애랑 엮이게 되면 자칫 가해자로 오인 받을 수도 있다는 거다. 그 엄마에게 따돌림 당하는 아이가 매순간 겪는고통 같은 건 중요하지 않았다. 그저 자신의 아이에게 피해가 갈지 안 갈지만 중요했다.

경쟁의 틈바구니에서 사나워진 아이들, 이 광기를 부추기는 어른들, 무관심한 일부 교육 종사자들. 이런 분위기 속에서 아이들이 서로에게 생채기를 내는 동안 부모는 무엇을 해줄 수 있을까. 대신 학교에 다녀줄 수도 없고 대신 상처받을 수도 없다. 아니, 사실 아이 대신 학교에 다닌들 무슨 뾰족한 수도 없다. 사람 둘이 사람 하나 바보 만드는 건 얼마나 쉬운가. 아이들의 집단 따돌림 구도 안에 어른을 갖다 놓은들 무슨 방법이 있어 해결할 수 있겠는가.

온갖 청소년 교육과 관련된 서적을 뒤져 봐도 친구들에게 상처 받는 아이를 위한 속 시원한 대처 방법은 나와 있지 않았다. 내면의 힘을 키우라는 조언이 많지만 당장 학교에서 하루하루가 힘든 아이를 둔 엄마에게 그다지 다가오는 내용은 아니었다.

차라리 자신의 아이가 따돌림 당해서 고통 받고 있다는, 인터넷 카페에 올라오는 엄마들의 솔직한 이야기에 공감이 갔고 그런 이야기에서 위로를 받았다. 아이가 따돌림 당하는 고통은 겪어 보지 않은 사람은 모른다. 내가 아는 한 아이는 학교에서 당한 따돌림으로 틱 증상이 너무 심해져서 결국 자퇴하고 검정고시를 보게 되었다. 가끔 길거리에서 보는 아이는 밝아 보였다. 매일 눈물 바람이던 그 집 엄마도 평정을 되찾은 듯했다.

때론 아이에게 물어본다. 전학을 가고 싶은지, 학교를 그만두고 홈스쿨을 할 생각은 없는지.

"엄마, 홈스쿨을 하면 사람들이 이상하게 볼 것 같아. 그리고 나 지낼 만해."

애써 웃으며 돌아서는 아이의 어깨가 너무 작고 안쓰럽다. 홈스쿨을 하든, 학교에서 따돌림을 당하든 너는 이상한 애가 아니야. 경쟁으로 삭막해질 대로 삭막해진 교실 안에서 본래의 선한 목소리를 잃고 남을 무시하고 괴롭히는 목소리만 내는, 아픈 아이들이 많은 거야. 심리 치료가 필요한 건 네가 아니라 그 아이들이야. 해줄 말이 많은데 어쩐 일인지 목이 메어 아이가 일어난 빈 의자만 가만히 바라보고 있었다.

네가 '을'이 될지라도

연말을 맞아 온 가족이 대청소를 했다. 아이들 방은 정말이지 방인지, 쓰레기통인지 분간이 어려울 정도로 어지러운 상태였다. 책상 위에도 온갖 잡동사니가 한가득, 피아노 위에도 온갖 만들기 작품이니 책이니 인형이니 물건들이 가득 올라와 있었다.

방을 싹 정돈하라는 말에 아이들은 울상을 지었지만 남편은 엄격한 얼굴로 깨끗이 치울 때까지는 외출 안 할 거라며 엄포를 놓았다. 큰아이는 물건들을 다 침대 위에 늘어놓고 하나하나 버릴 것과 간직할 것을 구분하고 있었다.

"이거는 버릴 거, 이거는 안 돼, 예은이와의 추억이 있는 물건이야. 간직해야지."

물건 하나씩 뒤집어 보고 뜯어보고 하니 일은 진척이 안 되고 급기야 답답한 남편이 쓰레기통을 들고 와서 이것도 저것도 버리라며 집어넣기 시작했다. 큰아이는 안 된다며 울고불고 하니 남편은 더욱 화가 나서 그게 왜 대체 울 일이냐며 소리쳤다. 버릴 걸 버리지 않으면 정리가 안 되는데 어떻게 할 거냐면서.

간신히 두 사람을 진정시키고 아이를 도와 버릴 것과 아닌 것을 추렸다. 아이는 아빠의 으름장에 할 수 없이 소중한 물건들도 조금씩 쓰레기통에 집어넣었다. 눈물을 삼키며. 소중한 추억이 있는 물건을 버릴 때 가슴이 찢어지는 걸 이해 못하는 아빠를 원망도 했다.

어찌 어찌 정리가 끝나고 아이들 방이 놀라울 정도로 깨끗해졌다. 책상 위에서 공부할 맛이 날 것 같았다. 한결 기분이 풀린 남편도 아이들에게 잘 했다며 칭찬을 했다. 신난 아이들은 외출하는 차 안에서 노래도 하고 춤도 추면서 즐거워했다. 문제는 큰아이가 연예인 이야기를 하면서부터였다.

"어떻게 해! 우리 00오빠연예인을 이렇게 불렀다가 허리를 다쳤대! 어떡해! 의사가 활동도 중단하라고 했대. 많이 다쳤나 봐. 큰일이네."

남편의 얼굴이 찌푸려진다. 얼른 무릎을 툭툭 쳤지만 이미 늦었다.

"연예인 다친 건 걱정되고 아빠 독감 걸려서 아픈 건 걱정 안 되냐?"

이미 삐딱한 남편의 태도에 아이도 가시 돋친 대꾸를 한다.

"내가 언제 아빠 걱정을 안 한 대? 00오빠가 다쳤다니까 놀라서 그런 거지!"

"오빠는 무슨 오빠야, 언제 봤다고."

빈정대는 남편의 말에 비위가 상한 아이가 눈물을 글썽인다.

"아빠는 도대체 왜 그래, 나한테?"

즐겁게 나선 외출 길이 또 어그러진다. 작은아이는 눈치만 보고 있고 나는 남편을 쿡쿡 찌르며 그만하라고 말린다.

싸늘한 분위기에서 점심을 먹고 백화점 앞에 도착했다. 원래는 다 같이 쇼핑을 할 계획이었지만 남편은 몸이 아프다며 들어가겠다고 하고 작은아이도 아빠를 따라가겠다고 해서 헤어졌다. 이럴 땐 차라리 둘씩 다니는 게 맘이 편하다. 큰아이도 그런 맘인지 아빠와 헤어지자 내 팔짱을 끼며 신나한다.

"엄마랑 데이트하네. 이럴 땐 팔짱도 끼고 해야지."

"엄마랑 둘이 있으니까 좋아?"

"그럼. 그런데 엄마가 좀 다정하게 해주면 좋겠어. 엄마는 너무 스킨십이 없어. 길을 갈 때도 마이웨이잖아. 혼자 걸어가."

"아빠는?"

"아빠는 다정하게 어깨에 팔도 두르고 손도 잡아주는데. 그런데 아빠는 다정할 땐 다정한데 화를 너무 사주 내. 그래서 난 화 안 내는 엄마가 조금 더 좋아."

엄마가 조금 더 좋다고 말하고선 금세 어두워진 표정으로 묻는다.

"이렇게 말하니까 아빠한테 좀 미안해. 아빠가 알면 서운해하겠지?"

괜찮다고 다독거리며 걷다 보니 어느새 큰아이가 입고 싶어 하는 검은 롱 패딩이 진열된 상점까지 왔다. 아이는 예쁘다고 환호하면서도 선뜻 다가가지를 못한다.

"너무 깔끔하다. 비싸겠지?"

"입어라도 봐. 한번 보자."

점원에게 건네받은 옷을 입고 거울을 보는 아이의 표정이 해맑다. 앞모습도 보고 고개 돌려 뒷모습도 비춰 보며 마음에 든 표정이다. 그러다 가격을 듣고는 황급히 벗어 놓는다.

"왜? 예쁜데?"

"비싼 것 같아. 그냥 가자."

"그래도."

"아냐, 아빠가 안 된다고 할 거야."

혹시나 싶어 남편에게 전화를 걸었다. 가격을 들은 남편은 단호했다.

"안 돼. 학생이 무슨 그런 비싼 패딩을 입어? 아웃렛이나 할인하는 데 찾아봐."

"이 가격 이하로는 패딩이 없는 걸 어떡해."

"백화점이니까 그렇지, 다른 매장도 더 다녀봐."

내 표정을 보고 아빠의 반응을 눈치 챈 큰아이가 연신 괜찮다며 엄마 옷을 보러 가자고 한다. 아이 옷을 못 산 게 마음에 걸려 발걸음이 떨어지지 않지만 모처럼 나왔으니 내 옷을 보러 갔다. 아이는 자기 옷 볼 때보다 더 세심하게 만져도 보고 들춰도 보면서 "엄마 이건 어때?" 묻는다. 괜찮은 폴라가 있다며 한번 입어 보란다. 그런데 아뿔싸. 폴라 한 벌에 55만 원! 가격 택을 보여줬더니 아이도 깜짝 놀란다. 점원에게 됐다고 말하며 둘이 손 붙잡고 키득거리며 나온다. 우리 엄한 거 입어 볼 뻔했다면서.

비교적 저렴한 옷들이 있는 다른 매장에 가서 윗옷을 입어 보니 아이가 웃으면서 말한다.

"엄마, 윗옷은 예쁜데. 그 낡은 청바지도 좀 다른 걸로 바꿔 입어봐."

눈치 빠른 점원이 그 옷에 딱 어울리는 바지가 있다며 검정 바지를 부랴부랴 들고 온다. 바지까지 같이 갖춰 입으니 거울에 비친 내 모습이 제법 맵시가 났다. 아이는 호들갑을 떨며 엄지를 치켜든다.

"짱, 짱 예뻐. 우리 엄마 안 같아. 딴 사람 같아."

두 벌을 사려니까 망설여진다. 더구나 아이 패딩은 못 사면서 내 옷 사기가 미안해진다. 내가 이런 마음으로 고민하고 있으니 아이가 얼른 사라고 성화다.

"너 보기가 미안해서 그렇지, 네 옷은 못 샀는데."

"엄마, 난 정말 괜찮으니까 제발 사."

결국 두 벌을 결제하고 나오니 아이가 씩 웃는다.

"우리 엄마 이렇게 갖춰 입으니 예쁘네."

"그랬어? 평소에 엄마가 좀 신경을 못 쓰고 다녔지?"

"어, 00엄마처럼 엄마도 젊고 예쁘게 하고 다녔으면 좋겠어."

"엄마가 창피했어?"

"아니, 그런 건 아닌데, 오늘 엄마 보니까 내가 커서 엄마 호강시켜 줘야겠다는 생각이 들었어."

"왜 갑자기?"

"그냥, 엄마도 예쁜 옷 입으니 딴 사람 같은 거 보니까, 내가 예쁜 옷도 많이 사줘야겠다 싶고."

자기 옷 못 산다고 서운해 하기는커녕 엄마 생각 하는 아이를 보니 언제 이만큼 컸나 싶다. 백화점에서 돌아와 생선 가게에 가서 생태를 사는데 옆에서 지켜보던 아이가 말한다.

"엄마, 생선 가게 주인은 참 낭만적으로 사는 것 같아."

"낭만적?"

"어, 아늑한 가게에서 사람들이랑 정겹게 이야기도 나누면서 생선 파는 모습이 낭만적으로 보여."

비린내 나는 생선 가게에서 아이가 느낀 감성에 미소가 지어진다. 아직 아이다운 시선과 발상을 지켜 주고 싶은 마음이 든다.

버릴 것과 취할 것을 민첩하게 판단해 버리는 어른들과 달리 어른 눈에 쓸모없어 보이는 추억을 소중하게 간직하는 아이들. 연예인 대소사가 인생에 뭐가 중요하냐고 질타하는 어른들에게 맞서 연예인을 교실에서 사귀지 못한, 제2의 친구처럼 느끼는 아이들. 때론 자기 욕심은 못 챙겨도 부모 생각하는 어른스러움도 보여서 콧날을 시큰하게 만드는 아이들. 어른들 눈에 하찮은 순간의 소중함을 잘도 포착하는 아이들.

그 아이들 중 하나가 내 아이다. 예전에 한참 인기를 끌던 한 드라마에서 이런 대사가 나왔다. 이 세상에는 갑과 을이 있는데 내 자식은 반드시 갑이 되었으면 한다고. 남편이 듣더니 모든 부모의 솔직한 마음이 그렇지 않겠냐고 되묻는다. 어쩌면 내 아이는 갑이 되는 지름길을 걷지 않고 있는지 모른다. 따뜻하고 정 많고 소박하다. 사랑, 배려, 이타심, 과정의 진정성 같은 건 잡동사니 취급해서 빨리 버리고 욕심, 이기심, 부, 결과의 성취만을 쟁여놓는 어른들 눈에는 어리석어 보인다.

이 세상 모든 아이가 갑이 될 수는 없는 노릇이다. 을로 살지언정 자기 삶에서 만족하고 행복할 줄 아는 사람으로 크는 게 중요한 것 아닐까. 정 많은 을끼리 손에 손 잡고 훈훈하게 사는 모습을 그려 본다. 그리 나쁜 그림은 아니다. 자기 자식이 갑이 되어 큰소리 치고 떵떵거리며 살기를 바라는 부모만이 세상에 있는 건 아닐 거라고, 나처럼 내 자식이 을이 될지라도 감싸주고 지지해주는 부모도 있을 거라고, 꼭 그럴 거라고 생각하며 아이 손을 꽉 잡아본다.

네가 세상과 타인의 시선에서
자유롭길

　스탠리 밀그램Stanley Milgram의 복종실험이 EBS에서 방영된 적이 있다. 그는 '어쩔 수 없는 상황에 처한 경우 다른 사람에게 비인간적인 행위를 가할 수 있겠는가?'라는 주제로 권위에 대한 복종 실험을 했다. 학생 역할과 교사 역할을 나누고, 반으로 나뉜 방에 학생과 교사, 감독이 배치된다. 실험 참가자는 교사 역할을 맡는다.

　학생은 문제를 맞혀야 하는데 답이 틀리면 교사 역할을 맡은 참가자는 학생에게 버튼을 눌러서 전기 충격을 준다. 물론 이 전기 충격은 가짜였지만 실험 참가자들은 가짜임을 알지 못하는 상황이다. 버튼을 누를 때마다 주어지는 보상은 4달러. 참가자가 학생 역할을 하는 이들의 가짜 비명을 듣고 진짜로 생각해서 못하겠다고 버티자 감독이 "계속 하십시오. 학생은 절대 죽지 않습니다. 모든 책임은 제가 맡겠습니다"라고 말한다. 참가자는 어쩔 수 없이 계속 충격을 가했다.

스탠리 밀그램은 실험 전 대규모 설문조사를 했었다. '누군가가 비인간적인 행위를 요구했을 때 당신은 따르겠는가?'라는 문항에 92%는 그럴 수 없다고 답했다. 그래서 밀그램은 '잘해야 0.1%만이 450V까지 전기 충격을 가할 것이다'라는 결론을 내렸다. 그러나 예측과 달리 65%가 10단계인 450V를 선택했다.

제복을 입은 집단의 권위적인 태도에 압도당한 사람들이, 비인간적인 행위라는 것을 알면서도 복종한 실험 결과는 많은 사람들에게 충격을 주었다.

이 실험 내용을 보고 대학로에서 봤던 연극이 떠올랐다. 평범하게 시작된 연극 도중 배우가 관객 한명을 무대에 모시겠다며 자원할 사람 없냐고 묻는다. 사람들 모두 선뜻 나서지 못하니 앞쪽에 앉은 여성 관객 한명을 무대로 불러냈다. 처음에는 이런 저런 대화도 하고 자연스러운 분위기였는데 점점 관객에게 무리한 요구를 하는 거였다.

나중에는 의자에 묶어 놓고 채찍으로 때리는 시늉까지 하니 관객석은 웅성거렸다. 나도 이건 너무 심한 거 아닌가 생각하면서도 어떻게 해야 하는지 몰라서 주먹만 쥐고 있었다. 급기야 여성 관객에게 물까지 뿌리며 가학적인 행동을 하는 걸 보고 나가서 제지해야 하나 일어서려던 찰나, 배우가 이 모든 게 설정이었다고 밝혔다. 여성 관객 또한 배우였던 것이다. 그 자리에 있던 누구도 그 불합리한 폭력을 보고도 과감하게 무대로 뛰어올라 말리지 못했다. 이 연극은 그런 우리의 자화상을 일깨우는 게 목적이었던 것이다.

사람들은 무대라는 높은 단상의 권위에 눌려 선뜻 생각을 행동으로 옮기지 못했다. 우리는 평소에 알게 모르게 얼마나 많은 권위에 위축되어 지내는가. 보이는 권위, 보이지 않는 권위. 당장 눈앞에서 큰소리 치는 상사나 근엄한 교장 선생님의 권위, 눈에 보이지는 않지만 은근히 우리를 기죽이는 돈과 명예라는 권위.

어른들도 그럴진대 아직 심성이 말랑말랑한 아이들은 더 말할 나위가 없다. 선생님의 위엄에 찬 태도나 호통에 안 그럴 것 같은 애들도 쉽게 기가 죽는다. 물론 요즘 아이들 중에는 위아래 없이 불손하게 구는 아이들도 일부 있긴 하지만 의외로 그 수가 많지 않다. 겉으로는 어른들을 무시하는 듯해도 강해 보이는 어른들 앞에서 예상 외로 쉽게 고개를 수그린다.

이런 아이들에게 학교 선생님의 '공부 못 하는 아이들은 인생 낙오자가 될 거야'라는 선언은 무시무시하다. 나는 아이에게 공부 잘 하라는 잔소리를 한 적이 없지만 아이는 "엄마가 하지 않아도 학교에만 가면 모두가 그런 말을 해. 분위기가 그래"라고 말한다.

불합리한 권위라고 생각하면서도 그 권위에 짓눌린다. 그 권위가 하는 말에 숨죽인다. 성적이 떨어지면, 공부 열심히 하지 않으면, 명문 대학을 가지 못하면 너희는 아무 꿈도 미래도 없다는 협박에 몸을 웅크리고 떤다. 밀그램의 실험 참가자들처럼 '계속 하라!' '계속 경쟁하라!' '계속 남을 제치고 앞으로 나가라!'는 호통에 자신도 모르게 떠밀려 간다.

『창가의 토토』라는 책이 있다. 일본 출판계 사상 가장 많이 팔린 소설로 기네스북에 올라 있다는 작품인데 퇴학생 토토에 관한 이야기이다. 토토는 학교에 들어가자마자 문제아로 낙인찍힌다. 수업 시간 중에 벌떡 일어나서 창밖의 제비에게 말을 걸기도 하고 책상 뚜껑을 열었다 닫는 게 재미있다며 수백 번 그 행위를 반복해서 수업을 방해한다. 선생님의 노기 어린 시선이나 호통에도 기죽지 않고 자신의 호기심이 풀리지 않는 한 본인의 행동을 멈추지 않는다. 참다못한 선생님은 토토는 학교에 적응할 수 없는 아이라며 퇴학시킨다.

토토의 엄마는 아이가 퇴학을 당했다고 가슴 치며 울거나 주저앉아 슬퍼하는 대신에, '그래? 그렇다면 아이에게 맞는 학교를 찾아주지 뭐!'라고 생각하며 도모에 학원으로 토토를 데려간다. 이곳에서 토토는 마음껏 속마음을 이야기하고 자신의 끼를 발산하며 차츰 자기 자리를 찾아간다. 경쟁에서 도태되고 문제아로 낙인찍혔던 토토가 그 정 많은 태도로 친구들에게 사랑받고 선생님들에게 인정받는다. 이렇듯 자신의 개성을 잃지 않으면서도 사회에 적응해 가는 과정이 소박하지만 감동적으로 그려진다.

실화를 바탕으로 한 자전적 이야기란 점에서 더 큰 울림을 주는 이 작품을 통해 사회적 낙인이나 통념에 의한 평가가 얼마나 위험한지 생각해 보게 된다. 그건 그저 하나의 잣대일 뿐 절대적인 잣대는 아니다. 다른 잣대로 재면 전혀 다른 결과가 나올 수 있는 거다. 그런데도 우리 사회는 아이들에게 획일적인 잣대를 들이대고 모자라는 아이는 늘리고, 삐져나온 아이는 잘라야 한다는 식이다. 이 과정에서 아이들은 표면적으로는 대들어도 차츰 안으로 곪아간다. 나는 모자란 아이인가 보다, 나는 쓸모없는 존재인가 보다. 속으로 멍든다. 사회적 통념이라는 거대한 잣대의 권위에 심리적인 복종 상태가 되는 거다.

예전에 한 중학교에 기간제 교사로 나갈 때 중학교 3학년 아이들이 버스를 타본 적이 없다는 사실에 충격을 받았다. 경제적 여유는 있었지만 아이들이 기본적인 생활 능력이 너무 부족했다.

그때 내 아이는 저리 키우지 말아야지 했는데 막상 부딪혀 보니 사소한 실천이라고 생각한 버스 태우기도 쉬운 일이 아니었다. 학원 셔틀버스를 타거나 엄마가 이리저리 태워주는 아이들 틈바구니에서 내 아이 또한 버스 탈 일은 거의 생기지 않았다.

그래서 큰아이 4학년 때, 영어 과외를 갈 때 큰 맘 먹고 버스를 태워 보내기로 했다. 나 어릴 때 같았으면 이런 게 큰 맘 먹고 할 일은 아니었겠지만 요즘 버스를 타 보면 초등학생들은 거의 보이지 않는다. 작은 부분이지만 내가 '다른' 엄마들과 '다른' 선택을 하는 데는 용기가 필요했다.

다행히 큰아이가 버스 노선과 과외 장소를 꼼꼼히 체크한 덕에 무사히 잘 타고 다녔는데 어느 날 갑자기 전화가 왔다. 떨리는 목소리였다.

"엄마, 어떻게 해? 버스가 이상한 데로 가고 있어."

아이보다도 더 쿵쾅거리는 마음을 애써 감추며 말했다.

"침착해, 운전사 아저씨한테 어디로 가는 건지 확인해 봐."

"알았어."

아저씨랑 이야기한 내용을 들어보니 아뿔싸! 반대 방향의 버스를 탄 것이다. 아이에게 아무 정거장에든 빨리 내려서 반대 방향으로 가는 버스를 타라고 했다.

"어, 엄마, 이제 내렸어. 이제 반대로 가는 버스를 타려고 해. 한국 타이어 후문이라고 써 있는 정류장이야."

한국 타이어. 거긴 인적도 드문 곳인데. 두근거리는 가슴을 진정시키며 버스를 잘 탔냐고 어디쯤이냐고 확인했더니 잘 가고 있다며 문자가 왔다.

'내가 애들 둘 데려온 엄마한테 자리를 양보해서 기분이 좋았어.'

그 와중에 아이들 데리고 온 아주머니가 안 돼 보여 자리를 양보한 아이. 대견하면서도 뭉클한 맘이 들었다. 이렇게 마음이 사랑스러운 아이가 왜 학교에서는 힘들게 지내야 하는지 이해할 수 없었다.

지금도 그 의문은 끝나지 않았다. 오늘도 아이는 한문 시간에 한 롤링 페이퍼 때문에 상처를 받고 왔다. 아이들이 서로 서로에게 덕담을 써주는데 우리 아이에게는 '새해 복 많이 받아'라는 짧은 한줄이 대부분이었다. 다른 아이들 페이퍼에는 적어도 대여섯 줄의 정겨운 덕담이 써 있었다고. 아이는 그 자리에서 사라지고 싶을 만큼 마음이 힘들었다고 한다. 어른들 눈에는 사소한 사건이지만 사춘기 아이에게는 그 순간이 힘들었을 거라고 충분히 짐작이 된다.

밀그램의 실험에 토토가 참가했다면 어떻게 했을까? 박차고 일어나서 이런 비인간적인 행위는 못하겠노라 당당하게 말하지 않았을까? 관객을 폭행하는 배우를 보면 무대 위로 훌쩍 올라가서 온몸으로 막아내지 않았을까? 아이에게 가해지는 은근한 따돌림. 토토처럼 맞서기를 바라는 것은 지나친 욕심일까?

별다른 이유 없이, 혼자라고, 약하다고, 너희랑 다르다고 해서 가해지는 따돌림에 나의 자존감은 손상되지 않을 거라고 당차게 맞서길. 자신의 자존감과 가치는 외부의 누군가가 지켜 주는 게 아님을 인지하면서 말이다. 우리는 끊임없이 속물적이고 현실적인 가치에 간섭받으며 사회 통념이라는 권위에 짓눌린다. 우리 자신의 존엄은 계속 침해 받는다. 너는 이래서 못났고 이런 점이 부족하고 그래서 너는 무가치하다고 세상은 귓가에 주문을 건다. 각박한 세상이 내 존엄한 가치를 보전해 주리라는 기대를 하지 말고 내 스스로 몸부림치며 지켜 나가야 한다.

세상과 타인이 너는 이렇다 저렇다 멋대로 저울질해도 우리 딸, 엄마가 끝까지 응원할 테니 그 시선에 맞서 싸워주렴. 넘어지지 마렴. 눈물로 응원한다.

네가 커서 '겨우' 내가 된다면

　새로운 모임이 고팠다. 아이가 중학생이 되면서부터 엄마들의 화제가 오직 아이들의 성적과 학원 이야기에 국한되는 것에 답답함을 느꼈다. 솔직히 내 아이가 공부를 특출나게 잘하고 경쟁에서 선두를 달리고 있으면 관심을 갖고 참여했을지 모른다.

　"00 엄마 알지? 00 형이 이번에 영재고 들어갔다면서?"
　"00이만 잘 하는 줄 알았는데 형도 잘 했구나?"
　"말도 마. 00이는 KMC도 아니고 KMO 입상했대."
　"세상에! 대단한데?"

정치인 이름을 영어 약칭으로 부르는 것도, 회사나 기관을 KT니, LH로 부르는 것도 아직 적응이 안 되는데 이건 또 무슨 외계어인지 알아듣지도 못하겠다. 그들만의 리그에서 벌어지는 이야기를 감흥 없이 듣다 보면 슬슬 그 자리가 지루해지고 언제 모임이 끝나는지 시계만 보게 된다. 방학 특강으로 선택한 학원에서 예비반과 실전반 중 '어느 반에 들어가느냐'를 두고 화제가 옮겨질 때쯤 되면 참지 못하고 "일이 있어 먼저 가야겠다"고 일어선다.

똑같은 교복을 입고 비슷한 단발머리를 한 채 우르르 학교에서 나오는 학생들 이마 위에 다 성적이 박혀 있는 것 같다. 얘는 100점짜리, 쟤는 70점짜리, 또 애는…. 정말 그런 시대가 오지 않을까 두렵다. 내가 다니던 고등학교는 강남에 있었던 학교였는데 학생들을 닦달하기로 유명한 곳이었다. 전교 1등부터 100등까지 명단과 함께 점수까지 기재해서 전교생에게 배포했다. 거기 실리지도 못하면 아이들 사이에서도 은근히 무시당했다. 때론 내 점수가 떨어지고 오르고를 나보다도 친구가 더 잘 알고 있었다. 지금 생각하면 비교육적인 처사 같은데 항의하는 이는 아무도 없었다.

줄 세우기를 강요당하며 힘들었던 경험을 통과하고 나니 이번에는 자식 줄 세우기를 보는 또 다른 답답함을 마주해야 했다. '내 자식이 공부를 못할 수도 있다'라는 사실을 받아들이는 게 대한민국 부모들에게는 매순간 힘들다. 마음을 내려놓았다고 하면서도 돌아서면 또 화가 치민다. 아이가 벗어 놓고 간 옷가지를 정리하면서 '오늘은 닦달하지 말아야겠다'고 다짐하지만 막상 핸드폰을 들고 침대에서 뒹굴거리는 아이를 보면 "대체 뭐가 되려고 그러느냐!" 또 잔소리를 퍼붓는다.

자식 공부에 열성적인 엄마들을 만나고 돌아온 날은 더 그랬다. 누구 집 아이는 KMC 인지, KMO인지 알아듣지도 못할 대회에 나가서 무슨 입상을 한다는데 너는 뭐하고 있냐는 생각이 불끈불끈 드는 것이다. 엄마들을 만나고 집에 와서 아이를 잡는 일이 반복되다 보니 그런 화제를 나누는 것이 피곤한 일상이 되었다.

성적 이야기하는 모임 말고 새로운 모임에 가야겠다는 생각이 들었다. 사교육 이야기 좀 그만하는 모임이 없을까? 의외로 답은 간단한 데 있었다. '사교육 걱정 없는 세상'이란 모임이었다. 마침 대전에도 모임이 있었다. 여행을 갔다 온 다음날 피곤했지만 이 모임의 정기 모임이 열린다는 소식을 듣고 한달음에 달려갔다.

낯선 사람들 틈에서 쭈뼛거리고 서 있으니 보조개가 예쁜 회원이 앉으라며 긴 테이블 앞으로 잡아끈다. 모두들 오랜 기간 알고 지낸 사람들처럼 친근한 분위기다. 음식도 사먹지 않고 각자 준비한 음식들을 내놓고 나눠 먹는다. 이 사람들은 어떤 사연으로 이곳에 오게 된 걸까? 회원들의 면면은 다양했다. 사교육 없이 엄마가 아이의 학습 코치가 되어 매일 매일 지도를 하는 사람도 있었고 다섯 아이의 엄마로 정신없는 하루하루를 보내면서도 자신의 관심 분야를 꾸준히 공부하는 사람도 있었다. 다들 내가 어떻게 이곳에 오게 된 건지 궁금해 했다.

"아, 저는 성적과 학원 이야기만 하는 모임에서 좀 탈피하고 싶었어요. 그런데 그런 분위기에서 탈피해서 어디로 가야 하는 건지 사실 잘 모르겠어요. 너무 공부, 공부하는 분위기에 환멸을 느끼는데 그렇다면 그 길 말고 어떤 길을 아이에게 안내해 줘야 하는지 그것까진 모르겠더라고요."

이야기하다 보니 길을 잃고 헤매고 있는 자신을 발견할 수 있었다. 성적 위주의 줄 세우기 대열에서 빠져나오고 싶은데 정작 나와서 어디로 가야 하는 건지 이정표를 찾지 못하고 있는 엄마와 아이. 나의 말에 공감하며 고개를 끄덕이는 회원들을 보니 용기가 생겼다. 내친 김에 아이가 겪고 있는 학교 생활의 어려움도 토로했다.

"저희 아이가 친화력이 아주 좋은 편은 아니에요. 그렇다고 남을 괴롭히거나 못되게 구는 것도 전혀 아닌데 어떤 친구들한테는 소외돼요. 아이들 중에는 대놓고 면전에서 저희 아이한테 '너 싫다'고 표현하는 아이도 있어요. 그래서 마음이 너무 아프고 힘든데 이상한 게 때로는 아이가 당하는 안 좋은 일들을 그만 알고 싶다는, 외면하고 싶다는 생각도 들어요."

말을 하다 보니 나도 모르게 눈물이 날 것 같다. 그런데 다섯 아이의 엄마가 묻는다.

"엄마는 어릴 때 어땠어요? 친구들과 관계는 편안했나요? 따돌림 당한 적은 없어요?"

갑작스런 질문에 내 동공이 흔들리는 걸 들킬까 싶다. 애써 침착해지려 한다. '나도 소외된 적이 있었어요. 그래서 지하철에서 창피한 줄도 모르고 펑펑 운 적도 있어요. 하지만 지금의 우리 아이처럼 엄마한테 털어놓지도 못했어요. 그냥 혼자 끙끙 앓았어요.' 말하고 싶었다.

"저도, 뭐, 그렇게 잘 지내지는 않았어요. 좀 상처 잘 받고 소심한 편이었죠, 뭐."

더듬거리며 둘러댔다. 다섯 아이 엄마는 가만히 바라보다가 입을 열었다.

"아이가 따돌림 당할 때 사실 엄마는 중심을 지켜야 하거든요. 아이가 외롭고 힘들 때 그래도 엄마가 흔들리지 않고 버팀목이 되어 주면 아이도 견딜 수 있어요. 그런데 엄마가 같이 동요하고 아이의 경험을 자기의 것과 동일시하면서 우울해 하면 아이도 힘이 빠져요. 한번 생각해 보세요. 아이가 따돌림 당하는 건데 내가 당하는 것처럼 느끼고 있지는 않은지."

예리한 지적이었다. 전문 상담사도 아닌 분이 내가 외면하고 싶었던 부분을 날카롭게 잡아냈다.

사실이었다. 나 또한 어릴 때 소외감에 시달렸다. 처음에는 우리 집이 가난하다는 생각에 의기소침했었다. 아버지의 교사 월급으로 강남 한복판에서 살기는 쉽지 않았다. 생각해 보면 당장 먹고 살기 힘들었던 것도 아닌데 상대적인 박탈감을 많이 느꼈던 것 같다. 친구들 태도도 문제였다. 초등학교 4학년 때, 걸 스카우트 단복을 입지 못한 나를 껴주지 않았다. 그 옛 날에 걸 스카우트 단복을 세트로 다 맞추면 큰돈이 들었다. 아이 넷을 교사 박봉으로 키우는 엄마로서는 해줄 수 없는 일이었다.

친구들이 베이지색 걸 스카우트 원피스와 베레모를 맞춰 입고 손에 손을 잡고 걸을 때 그 사이에 끼지 못하고 멀찍이 따라 걸어갔다. 용기를 내 비집고 들어갔지만 슬그머니 내 손을 놓고 다른 친구 손을 잡던 아이들. 중학교 때는 성적 때문에 위축되었다. 처음에는 성적이 우수했지만 부모님의 불화로 방황하면서 성적이 곤두박질치기 시작했다. 성적이 떨어지자 친했던 애들마저 나를 무시했다. 선생님의 태도가 칭찬과 격려에서 "성적이 왜 이리 떨어졌냐?"며 지적과 꾸지람으로 달라지자 친구들의 태도도 바뀌는 것이었다. 옆에 두고도 없는 사람 취급하며 저희들끼리만 떠들어 댔다.

"야, 너희 지금 뭐하는 거냐?, 이런 식으로 하면 나도 너희 상대하고 싶지 않다!" 이렇게 한 마디 쏘아붙이고 박차고 나오면 될 걸 그러지도 못했다. 어정쩡하게 같이 있으면서 깊은 소외감만 느꼈다.

돌아오는 길에 김애란 소설의 한 장면이 생각났다. 『서른』이란 소설이다.

"그런데 언니, 요즘 저는 하얗게 된 얼굴로 새벽부터 밤까지 학원가를 오가는 아이들을 보며 그런 생각을 해요. 너는 자라 내가 되겠지…. 겨우 내가 되겠지."

그랬다. 내 아이가 자라 '겨우' 내가 될까 두려웠던 거다. 그렇지 않아도 두려운데 자꾸 내 어릴 적 모습과 아이가 오버랩되어 가는 지금 상황을 견딜 수가 없는 거다. 아이가 따돌림당하는 일을 겪을 때마다 내가 겪은 아픈 기억이 불쑥불쑥 튀어나오니 외면하고 싶었던 것이다. 그리고 아이가 커서 나처럼 되는 거 아닐까 전전긍긍하고.

눈물을 흘리지 않으려고 애썼다. 지금의 내가 어때서 왜 겨우 내가 될까 걱정하는 걸까. 이렇게 있는 그대로의 나를 수용하고 사랑하지 못하는데 자식인들 편안하게 받아주고 보듬어 줄 수 있을까.

역설적이게도 아이들은 있는 그대로의 엄마를 사랑한다. 아이들이 나에게 엄마는 왜 더 예쁜 엄마가 아니냐고 불평하거나 왜 돈을 많이 벌어오지 못하냐고 타박하지 않는다. 왜 살림을 더 잘하지 못하냐고 투덜거리거나 반찬을 더 맛깔스럽게 하라고 식탁에서 토 달지도 않는다. '그저 나를 좀더 바라봐 주세요, 안아 주세요, 사랑해 주세요'라고 두 팔 벌려 달려올 뿐이다.

내 과거의 기억에 얽매여, 해맑게 달려오는 아이들을 부담스러워하고 덥석 안아주지 못했다. 사춘기 아이가 친구들 관계에서 겪는 어려움을 인생 어른으로서 넉넉히 품어주기보다는 과거의 경험과 동일시하며 같이 우울해 했다. 자라면서 따돌림 한번 안 당해본 사람이 어디 있냐고 호탕하게 어깨 쳐주지 못하고 말이다. 나처럼 크는 거 아닐까 불안한 마음까지 숨기지 못했다. 아이에게 그런 우울과 불안이 고스란히 전해졌을 걸 생각하니 뒤늦게 미안한 마음이 든다.

가끔 아이가 자신의 부족한 면을 닮을까봐 노심초사하는 엄마들을 본다. 하지만 아이는 독립된 개체이다. 아이가 자라서 기껏 내가 되는 것도, 감히 내가 되는 것도 아니다. 아이는 자라서 새로운 어른이 되는 거다. 그 어른이 되기까지 부모는 때론 보살피고 때론 타이르며 잘 자라도록 응원하면 되는 거다. 과거의 기억을 꺼내서 아이에게 덧씌울 필요가 없다.

네가 함께 한 여행

"어떡하지? 그때 하필 회사에서 회의가 잡혔어!"

온 가족이 일본 여행을 계획하고 설레며 계획을 짜고 있는데 남편이 갑자기 못 간다는 것이다. 이런 적이 처음이 아니다. 재작년에도 방콕 자유여행을 계획하고 항공권과 숙박까지 다 예약했는데 남편이 하필이면 그때 '너무너무 중요한 회의'가 잡혔다며 못 간다는 것이다. 울며 겨자 먹기로 예약을 다 취소하고 위약금을 물었다.

그때 이웃들은 아이들만 데리고 갔다 오라고 했지만 선뜻 내키지 않았다. 자유여행 경험도 없는 데다 영어도 능숙하게 못하는데 아이들을 데리고 가이드도 없이 여행을 하는 건 모험에 가까웠다. 그런데 2년 뒤 또 같은 상황에 직면한 것이다.

"패키지로 가자. 패키지로 가도 충분히 재밌을 거야."

아이들 설득에 나섰지만 큰아이는 완강했다.

"왜? 왜 패키지로 가야 해?"
"엄마 일본말도 못하고 여행 경험도 없어서 자유여행은 못 가."
"그러니까 이번에 시도해서 배워야지. 엄마 언제까지 자유여행 못 가는 사람이고 싶어? 엄마도 이제 마흔이 넘었는데."
"애가 엄마한테 못하는 말이 없어?"
"엄마 기분 상했으면 미안한데 솔직히 내 말이 맞지 않아? 시도하면서 배우는 거잖아. 시도도 안 해보고 왜 포기하냐고."

큰아이의 논리적인 설득을 당해낼 수가 없던 나는 그만 "너는 왜 이렇게 엄마를 힘들게 하니?"라는 말도 안 되는 짜증을 부리며 자리를 떴다. 피하고 싶었다. 겁이 많은 나로서는 아이들을 안전하게 보호하면서 여행을 무사히 마치고 올지 자신이 없었다.

심지어 동네에는 몇 해 전에 홍콩에 엄마들과 아이들끼리 여행을 갔다가 아이 한명을 잃어버리고 와서 부부가 이혼하고 가정이 풍비박산이 났다는 괴담까지 떠돌았다. 사실 확인도 안 된 이야기지만 모든 엄마들의 가슴을 철렁하게 만들 무시무시한 이야기였다.

아무래도 내키지가 않아서 패키지 일정을 검색해 보았더니 그다지 가고 싶지 않은 곳이 너무 많이 포함되어 있었다. 숙소가 마음에 들면 일정이 마음에 안 들거나 일정이 마음에 들면 숙소가 마음에 안 드는 식이라 구미에 딱 맞는 상품을 선택하기가 힘들었다.

좋아. 아이 말대로 언제까지나 피해 다닐 수는 없잖아. 오사카 자유 여행에 도전하기로 했다. 관련 카페랑 사이트를 샅샅이 뒤지며 정보를 수집했다. 모르는 게 있을 때마다 질문하면 친절한 네티즌들이 자세하게도 답을 달아줬다. 일본 여행 전문가 수준에 이른 사람들이 많았다.

블로그도 검색해 보니 요즘 사람들은 여행을 정말 많이 다니는구나, 새삼스레 느꼈다. 워라밸, 워라밸 하는 풍조가 여기서도 드러나는 듯했다. 휴가 하루 마음대로 못 내고 오직 회사 근무에만 충실한 남편이 옛날 사람처럼 보이기도 했다.

인터넷을 뒤지며 꼼꼼히 준비 하고 오사카 관련 책도 두 권을 독파했다. 출력한 내용만 해도 얇은 책자를 만들 정도로 두꺼웠다. 만반의 준비를 한다고 했음에도 불구하고 전날이 되니 뒤숭숭한 마음에 잠이 오지 않았다. 가서 아이들이 아프면 어쩌나, 누가 다치면 큰일인데, 사람 많은 데서 헤어지면 얼마나 당황스러울까 별 생각을 다하다 늦게서야 잠이 들었다.

"이러다 늦겠어! 어서 일어나!"

남편의 다급한 목소리에 눈을 뜨니 공항버스 탈 시간이 성큼 다가와 있다. 눈도 못 뜨는 애들을 재촉해서 새벽에 나서자 소매 끝 사이로 찬 바람이 스며든다. 드디어 가는구나. 가슴이 두근거렸다.

아이들은 간사히 공항에 도착하자 신이 나서 앞장선다. 낯선 곳에 대한 두려움보다는 설렘이 가득해 보였다. 큰아이는 와 봤던 사람처럼 전광판 보면서 척척 짐도 잘 찾고 나에게 "엄마, 이쪽이야, 이쪽!"이라고 안내를 했다. 아이들을 보호

하며 가는 게 부담스럽다고 생각했는데 웬걸 큰아이가 어리
둥절해 있는 엄마를 가르치며 인도하고 있었다.

공항에서 호텔 근처 난바역까지 가는 열차를 타야 하는데
어느 플랫폼에서 기다려야 하는지 막막했다. 우리가 차표를
들고 플랫폼에서 이 열차 저 열차 앞에서 서성이니 일본 청년
이 와서 말을 건다.

"라피트? 디스 이즈 낫. 넥스트 원, 넥스트 원."

다음 거를 타라고 알려 준다. 우리 셋은 왠지 기분이 좋아
져 서로를 보고 씨익 웃었다. 라피트를 타고 난바역으로 향하
는 기차 안에서 아이들은 주위 풍경을 둘러보며 여기가 일본
이구나 신기한 듯 둘러본다. 엄마, 저것 좀 봐, 이것 좀 봐, 연
신 말 거는 아이들의 분위기에 맞춰 주고 싶은데 갑자기 우울
한 생각이 불쑥 들었다.

"엄마는 지금 반대로 앉아 있잖아. 고개 돌려서 뒤돌아보는
거 어지러우니까 자꾸 '이거 보라, 저거 보라' 하지 마."

갑자기 차갑게 말하니 아이가 무안한 얼굴이 된다. 미안한
마음이 든다. 왜 뜬금없이 지난 주 일이 다시 떠올라 우울해

지는 걸까?

일본에 오기 한 주 전에 논술 전문 학원에서 면접을 봤었다. 원장은 친절했고 새로 오픈한 학원의 인테리어는 고급스럽고 깔끔했다. 근무 조건도 괜찮았다. 문제는 퇴근 시간. 밤에 9시에 와야 했다. 둘째가 마음에 걸렸다. 아이들 저녁도 문제였다. 알아서 차려 먹으라고 하기에는 어려 보였다. 밤새 뒤척이며 고민하다가 안 하겠다고 전화를 하니 원장이 무척 아쉬워했다.

그런데 사람 마음이 이렇게 간사할 수가 있을까? 안 하겠다고 말한 지 한 시간도 안 돼 후회가 밀려들었다. 아이들이야 적응하기 나름인데 너무 섣불리 판단을 했다는 생각이 들었다. 이만큼 전문화된 학원에서 마흔 중반의 강사에게 그만큼 강력한 러브콜을 보내는 건 흔한 일이 아니었다. 학원가도 젊은 사람을 선호하는 만큼, 나이든 강사를 불러주는 곳은 근무 조건이 열악하거나 학원이 영세한 경우가 많았다. 돌이켜보니 이번 건은 놓치기 아까운 기회였다. 민망함을 무릅쓰고 다시 전화를 했다. 혹시 아까 했던 이야기를 번복할 수 없는지 물어봤다.

"어머, 어떻게 해요? 못 하신다고 하셔서 그간 면접 본 중에 두 번째로 마음에 뒀던 분한테 연락해서 당장 내일부터 근무하시기로 했어요. 죄송해요."

창피함을 마다하지 않고 전화한 건데 그렇게 거절당하니 쥐구멍에라도 숨고 싶은 심정이었다. 경솔했던 자신에게 화가 나서 견딜 수가 없었다.

"엄마 이제 말해도 돼? 머리 안 아파?"

작은아이가 눈치 보며 묻는 걸 보니 먼 일본까지 와서, 라피트 열차에 몸을 싣고 일본의 단정한 집들을 보면서 기껏 그런 생각을 하고 있는 자신이 한심하게 느껴진다.

"아니야, 엄마 이제 괜찮아. 얘기해."

내가 웃어 보이니 금세 환해지는 아이들 얼굴. 이렇게 엄마 바라기인 아이들. 엄마라는 햇빛을 보면 고개를 쭈욱 빼고 활짝 피고 엄마라는 햇빛이 구름에 가려지면 금방 풀이 죽고 시들해진다. 여기까지 와서 우울한 생각에 사로잡혀 있을 순 없다는 생각에 힘을 내보기로 했다.

"우리 첫 번째 행선지는 킨류라멘이야. 라면으로 유명한 곳인데 찾아갈 수 있을까?"

"엄마, 걱정하지 마. 구글맵만 켜면 된대."

큰아이가 구글맵을 보며 따라간다. 핸드폰과 거리를 번갈아 보는 눈빛에 생기가 넘친다.

"여기서 오른쪽 같은데, 한번 가볼까?"

"그래, 아니면 다시 돌아오지 뭐."

쾌청한 오사카 하늘 아래 우리 셋은 길을 헤매는 것도 여행의 일부라 생각하며 발걸음을 맞췄다.

"간판을 보면 찾을 수 있을 거야. 킨류라멘은 간판이 용 형상이야. 용이 있는 곳을 찾아봐."

"어? 엄마 저기야, 저기! 저기 용이 있어!"

작은아이가 신나서 외친다. 글자 한자 몰라도 용케도 찾아낸다. 보물섬이라도 발견한 것처럼 셋이 얼싸안고 기뻐하며 앞에서 사진도 찍었다. 정작 라면은 유명한 집치고는 평범한 맛이었지만 낯선 거리에서 목적지를 찾았다는 뿌듯함이 컸기에 개의치 않았다.

나이 마흔 넘어 참 늦은 시도였다. 그 늦깎이 시도에 아이들이 있다는 게 예상 외로 큰 힘이 되었다. 큰아이는 미로 같은 유니버설 스튜디오에서도 눈썰미 있게 길을 잘 찾았고 영어로 말해야 하는 순간이 오면 대신 해주기도 했다. 작은아이도 사소한 심부름이라도 하려고 애썼다.

유니버설에서 호텔로 돌아오는 길에 택시를 탔는데 할아버지 기사가 내비게이션도 없이 길을 헤맸다. 우리가 영어로 이야기하면 할아버지는 계속 일본말로 뭐라고 떠들면서 화를 냈고 한숨을 푹푹 쉬었다. 호텔 직원에게 전화를 걸어 대신 통화하게도 했지만 별 소용이 없었다. 날은 깜깜해졌는데 숙소랑 점점 멀어지는 거 아닐까 두려운 마음이 들었다. 대체 할아버지가 어디를 향해 가고 있는지 불안하기만 했다.

"엄마, 이거 봐봐. 호텔로 향해 가고 있는 것 같긴 해. 길을 좀 헤매긴 했지만. 너무 걱정하지 마."

큰아이가 침착하게 구글맵을 켜서 보여주었다. 전혀 엉뚱한 곳으로 가는 건 아니라는 안도감이 들었다. 큰아이 어깨에 기대서 작은아이가 잠들어 있고 큰아이는 계속 핸드폰을 예의주시하며 지켜보고 있었다. 나보다 더 차분하게 대처하는 아이를 보니 대견한 마음이 들었다. 공부 안 한다고, 책상 어질러 놓는다고, 과자 껍데기 아무 데나 놓는다고 숱하게 잔소리를 듣던 아이 맞나 싶었다.

한국을 떠날 때는 학원 일 때문에 복잡한 심경이었다. 남들이 보기에는 대단한 일이 아니었을지 모르지만 나에겐 소중한 기회였다. 그런데 아이들과 여행을 다니다 보니 내가 왜 그 일을 하기 꺼려졌는지 생각하게 되었다. 아이들 저녁도 못 챙겨주고 밤늦게 들어오는 엄마 모습을 보여주기 싫었던 거다. 누구의 강요도 아니고 내가 그런 선택을 한 거다. 이렇게 든든하고 의지가 되는 아이들로 잘 키우는 게 내가 사회로 복귀하는 것보다 더 중요하다고 생각해서 내린 결론이었다.

간사히 공항에서 한국으로 돌아오는 길. 이제 오사카도 안녕이라고 하자 아이들은 서운한 얼굴을 한다. 큰아이의 성화로 시도한 첫 자유여행. 짧은 일정이었지만 남들이 안내해주는 대로 다녔으면 챙기지 못했을 추억의 장면들이 무척 많다.

'네가 함께 했기에 엄마가 늦은 나이에 조금 '성장'한 느낌이 드네. 어른 못 하는 너를 보면서 놀라기도 했고 심란했던 마음도 정리됐어. 고맙다. 다음에 또 멋진 추억을 남기자.'

아이의 머리를 가만히 쓰다듬으며 혼자 되뇐다.

3부

갱년기 엄마의
마음 수련

저는 못난 며느리가 아닙니다만

독서 모임 회원들과 온라인 사이트에서 중고 책을 사는 요령에 대해 이야기를 나눈 적이 있다.

"나는 특상 이상만 사요."

"맞아요, 아무리 못해도 상이라고 된 건 사야 해요."

"중정도 괜찮지 않나요? 중간은 되지 않을까 싶은데?"

"아냐, 아냐, 중만 되도 완전히 낡은 책인 경우도 있어요."

"맞아, 나도 중인 책 산 적 있었는데 표지는 너덜너덜하고 밑줄까지 그어져 있었어요."

책 상태에 따라, 특상, 상, 중, 하 등 등급이 매겨지는데 이

걸 곧이곧대로 믿으면 안 된다는 거다. 판매자가 내건 점수보다 훨씬 점수를 짜게 줘야 하는 게 요령이다.

결혼할 때 예비 시댁에 대해서도 미리 이런 귀띔이 있으면 어떨까? 며느리 입장에서 한번 나눠 보자. '특상'은 그야말로 며느리를 독립된 인격체로 존중해주고 일단 아들이 결혼하면 남이라고 과감하게 떠나보낼 줄 아는 시부모다. '상'은 전통적인 고부관계의 틀에서 완전히 탈피하지는 못했지만 요즘 며느리들은 옛날 여자들과 다르다는 걸 인정하고 새로운 관계를 정립하려는 시부모다. '중'은 과거 고부 관계의 폐단마저 전통이라고 믿긴 하지만 새로운 변화를 완전히 부정하지는 않는다. '하'는 그야말로 종속적인 고부 관계를 고집하는 시부모이다. 아들이 독립해서 새로운 가정을 이뤘다고 생각하기보다는, 자신의 가정이 아들 며느리로 확대되었다고 생각하고 효도를 최우선 가치로 둔다.

결혼하기 전 예비 시댁에 대한 정보가 '상입니다' '하입니다'라는 식으로 주어진다면 예비 신랑의 달콤한 프러포즈에도 불구하고 선뜻 결혼할 여자가 몇이나 될까? 아니, 사랑의 힘은 위대해서 의외로 '내가 잘만 하면 시부모님도 내 편이 될 거야'라고 기대하는 예비 신부들이 많을지도 모르겠다.

나도 그 중 하나였던 걸까? 돌이켜 보면 우리 시대 분위기가 어떤지 모르지 않았다. 어릴 때부터 부모 말 한번 거역한 적 없던 장남을 때론 의지하고 때론 기대를 걸며 끔찍이 사랑하셨다. 문제는 그 무조건적인 사랑이 예비 며느리에게까지 가진 않으셨다. 며느리의 부족한 점이 자꾸 눈에 들어오시는 것 같았다.

결혼하고 얼마 안 되었을 때, 아버님이 "내 친구 딸이 치과 의사였는데 네 남편이랑 그렇게 만나게 해달라고 했었어"라며 아쉬운 듯 말씀하셨을 때 '이미 한 결혼을 물릴 수도 없고 어쩌란 말인가' 황당했던 기억이 난다. 아버님은 속정은 깊으셨지만 워낙에 직설적인 분이라 처음에는 상처도 받았다.

이제는 세월의 때를 서로 묻혀가며 서로 포기할 건 포기하고 수용할 선 수용할 때도 되었건만, 어쩐 일인지 연로해지시면서 다시 세월을 역행하는 듯한 모습을 보이신다. 하루는 아버님이 나를 불러 앉히시곤 서운한 게 많다며 일장 연설을 하시는 거다. 말씀의 주된 내용은 '너희 자식들만 챙기고 나는 별로 안 챙겨 준다'였다. 때마다 찾아뵙고 너무 시간이 뜨지 않게 안부 전화 드리고, 해외 여행도 모시고 가고 가끔씩 좋아하시는 음식도 보내드리고 했는데 성에 차지 않으셨나 보다.

아버님의 말씀을 듣고 있자니 더 잘 해 드려야겠다는 생각보다는 '아, 내가 아무리 해도 아버님 욕심에는 차지 않겠구나'라는 마음만 커졌다. 더구나 마흔 넘은 며느리를 앞혀 놓고 아이들 훈계하듯이 대하는 태도를 보니 뜨악하기까지 했다.

그래서 한동안 연락도 뜸하게 드리고 뵙지 않고 지냈는데 어머니가 수술을 해서 입원하시게 되었다. 남편은 "수술을 앞둔 어머니가 얼마나 마음이 복잡하시겠냐"며 수술 전에 미리 가서 뵙고 위로도 해드려야 한다고 했다. 알겠노라고 돌아섰는데 슬슬 부아가 치밀었다. 예전 같으면 속이 상하더라도 따라 나섰을 것이다. 하지만 마흔 중반을 향해 달려가는 나이의 힘일까? '못 가겠다'고 긴 장문의 문자를 보냈다. 지금도 아버님이 나를 앞혀 놓고 나무라시던 광경을 생각하면 가슴이 두근거린다. 아직 마음이 풀리지 않아서 뵙고 싶지 않다고.

의외로 남편은 순순히 알겠다며 자신만 다녀오겠다고 했다. 어머니 수술은 무사히 잘 끝났고 3주간 입원하시게 되었다. 병원 음식에 적응을 못 하신 어머니는 가까이 사는 동서에게 북어국이나 육개장을 끓여 오라는 주문을 하셨다. 멀리 산다는 이유로 모른 척하고 있을 수가 없어 뭔가 음식을 해가야겠다고 남편에게 말하자 남편은 "네가 잘 하는 갈비찜을 해서 부모님께 드리는게 어떠냐"고 하였다.

세찬 바람이 부는 날씨에 좋은 갈비를 사러 멀리까지 다녀오다가 문득 작년 여름에 친정 엄마가 두 번째 어깨 수술을 하고 입원하셨던 기억이 났다. 그때 우리 부부는 첫 번째 수술에 갔었다는 이기적인 이유와 바쁘다는 핑계로 문병도 못 갔다. 하긴 첫 번째 문병 때도 음식을 해가진 않았다. 갈비를 데치고 당근과 무를 썰고 수선을 피우니 부엌은 금세 엉망이 되었다. 어수선한 부엌을 보다 보니 아픈 친정 엄마를 위해선 밑반찬 하나 해가지 않았던 게 자꾸 떠오르면서 마음속에 유쾌하지 않은 파동이 일었다.

이렇게 친부모를 위해서도 바치지 않는 정성을 시부모한테 들이는 이유는 뭘까. 친정 엄마가 아프다고 내 남편이 좋은 갈비를 찾아 헤맬 리 없고 부엌을 난장판으로 만들어가며 요리를 하는 것은 너너구나 상상도 못할 일이나. 나만 왜 이리 수선을 피우고 있는 걸까.

이튿날 아침이 되자 남편은 나를 깨우며 서두르라고 난리다. 몰랐는데 오늘 간병인이 휴가라서 어머니 점심을 챙겨 줄 사람이 없으니 점심 때 시간 맞춰 도착해서 갈비찜을 데워드려야 한다는 것이다. 가는 내내 남편은 어머니 점심 시간에 못 맞출까봐 전전긍긍했다. 수술한 지 이제 열흘 정도 되셨고 거동이 불가능하신 것도 아니니 한 끼 정도는 혼자 드실 수 있을 거라고 말하고 싶었지만 자칫 환자 생각은 안 한다는 타박이나 받을까 싶어 입을 다물고 있었다.

차창 밖으론 맑은 겨울 하늘이 끝없이 펼쳐지는데 내 마음에는 자꾸 먹구름만 드리워졌다. 점심 시간 맞춰 서둘러 가고 있는 모양새가 뭔가 마음에 들지 않고 공연히 심술이 났다. 내가 애들 어릴 때 숱하게 찬물에 밥 말아 먹을 때, 밥이 입으로 들어가는지 코로 들어가는지 모르고 살 때, 남편이 이렇게 애틋하게 내 걱정을 해준 적이 있었던가. 둘째 가졌을 때 입덧이 심해서 냉장고만 열어도 헛구역질이 났다. 그럼에도 불구하고 첫째를 굶길 수가 없어 마스크를 하고 억지로 아이 밥만 차려주고 나는 굶기를 밥 먹듯 했던 건 알고나 있을까.

안 그래도 복잡한 마음인데 병원에서 만난 동서의 이야기가 마음에 불을 질렀다.

"형님, 아버님 갈비찜까지 하셨어요? 잘 하셨네요. 안 그래도 아버님이 어머니 입원하셨으니. 형님이 아버님 보고 '저희 집에 와 계세요.' 할 줄 아셨나 봐요. 그런 이야기도 없다고 좀 서운해 하시더라고요."

나에게 상처를 준 지 얼마나 됐다고 그런 기대를 하신 걸까. 며느리가 마음 상하거나 말거나 생각나는 대로 다 말씀하시고선 막상 어려운 일이 닥치면 당연히 몸 사리지 않고 도와야 한다고 생각하시는 것 같다. 그런 생각의 저변에는 '내 아들'과 결혼했으니 시부모에게 헌신해야 한다는 관념이 있으신 걸까.

며느리도 누군가의 귀한 딸이다. 요즘 며느리 중에는 남자 못지않게 교육 받고 젊은 시절 자기 커리어를 쌓은 사람도 많다. 자기 아들과 결혼해 살면서 며느리가 자기 삶의 일정 부분을 포기하고 살림과 육아에 전념한다면 사실 시부모로서 기특해 할 일이 아닐까 싶은데 현실은 그렇지 못하다. 오히려 내 아들에게 기대 살고 있으니 너도 이 정도는 당연히 해야 한다고 큰소리치는 시부모들이 많다.

아이들이 어렸을 때는 유예된 며느리로서의 의무가 아이들을 웬만큼 키워 놓으면 물밀 듯이 치고 들어오는 경우도 종종 본다. 아이들 어릴 때는 커피 한잔 마실 시간도 없다가 이제 겨우 책도 읽고 자기계발도 할 시간이 주어졌는데 마치 이 시간은 애초에 '네 것이 아니었다'는 듯한 시부모의 태도에 많은 며느리들이 당황스러워 한다.

생각이 여기에 미치자 뭐 하러 일찍 직장도 그만 두고 좋은 일자리를 찾기 어려운 지방으로 따라 내려왔을까, 회의가 밀려들었다. 일하면서 보람도 느끼고 경제적인 성취도 이루는 게 낫지, 해도 해도 인정받지 못하는 며느리 노릇에 매이게 되었다는 느낌을 지울 수 없었다. 직장에 다니면 그런 의무에 혼자 갇히게 되지는 않았을 거라는, 얄팍한 계산을 하다 보니 과감히 사표 쓰고 남편 따라 내려온 선택이 후회스러웠다. 우리나라에선 직장 여성들에게도 마찬가지로 부여되는 의무긴 하지만 아무래도 전업주부들의 잉여 시간에 대한 기대치라는 게 있기 마련이니까 말이다. 이 와중에 집에 오자마자 "아버지한테 택배로 보낼 갈비찜은 준비되었냐?"고 묻는 남편은 얄밉기까지 했다.

속이 부글부글 끓어서 살 게 있다며 훌쩍 밖으로 나섰다. 늦은 저녁 바람이 찼지만 따뜻한 집으로 들어가고 싶지 않았다. 특상, 상, 중, 하 미리 매겨보지 못한, 자신의 영악하지 못함을 탓했다. 시동을 걸자 라디오에서 툭 튀어 나오는 오래전 노래.

"이 세상 위엔 내가 있고

　나를 사랑해주는

　나의 사람들과

　나의 길을 가고 싶어

　많이 힘들고 외로웠지

　그건 연습일 뿐야

넘어지진 않을 거야

나는 문제없어."

나는 문.제.없.다. 그 말을 계속 곱씹었다. 내가 이렇게 부아가 치밀고 시간을 되돌려 예전 나의 선택까지 후회하고 있는 건 사실 내가 부족해서 이런 대우를 받는다고 생각하는 거아닌지. 내가 직장에 다니지 않아서, 내가 시부모와의 관계를 잘 맺지 못해서, 혹은 내가 말주변이 없어서, 기타 내가 어떠해서 이런 대우를 받는다고 생각하면서 시부모님이 앞으로 나를 어떻게 대할지 두려워하고 걱정하는 건 아닌지 생각해보았다.

내가 아무 문제없는 며느리고 당당하면 시부모님이 나를 어떻게 생각하든, 나에게 어떤 기대를 하든, 개의치 않고 내길을 갈 텐데 이렇듯 동요하는 거 보니 정작 내가 나를 못 믿고 있다는 생각이 들었다. 시부모님한테 인정받지 못할까 내심 신경 쓰면서.

못난 며느리가 아니지만 혹시 시부모님이 나를 그렇게 생각해도 할 수 없다. 굳이 인정받으려 애쓸 필요도 없다. 그 분들의 삶의 가치관이 그러할진대 이미 일흔 전후의 연세가 되신 분들의 생각을 바꿔 놓을 수도 없는 거고 내가 생각을 바꾸면 되는 거다. '나는 못난 며느리가 아닙니다만 그렇게 생각하셔도 할 수 없죠 뭐!'라고 요즘 말로 '쿨하게' 넘어가는 대범함이 필요하다.

'말도 없이 어디 갔어? 갈비찜 하느라 고생했어. 고마워.'

비상등을 켜놓고 운전석에 앉아 잠시 숨을 고르고 있는데 남편에게 문자가 왔다. 남편에게도 마찬가지 마음을 가져야겠다. 남편이 내가 힘들었던 순간순간을 몰라주거나 다 기억하지 못한다 해도 할 수 없다. 내가 모르는 남편의 고생도 있고 남편이 모르는 나의 수고도 있는 거다. 다만 서로에 대한 신뢰의 끈을 놓치 않고 있으면 된다.

인생의 선택은 중고책 선택과는 좀 다를 수밖에 없다. 머릿속에서 치열하게 주판알 튕기며 '상'을 취한 줄 알았는데 '하'이기도 하고 '하'인 줄 알고 체념하고 있었는데 뜻밖에 '상'이었음이 드러나기도 한다. 어떻게 뒤바뀔지 모르는 선택에 대해 일희일비하기보다는 '나 자신이 특상'이란 믿음만 흔들리지 말고 지켜야겠다.

'반지'보다 '보증서'가 중요한 사람들

초등학교 4, 5학년 때였을까. 엄마와 함께 제법 먼 병원에 가게 되었다. 치과 치료를 받는데 친척 소개로 멀리 있는 병원까지 찾아가게 되었다. 무더운 여름날이었다. 버스를 타고 한참을 가서, 또 그늘도 없는 길을 한참 걸어야 했다. 햇볕이 뜨거워 엄마의 양산 그늘 아래 숨었다. 꽃무늬 양산이 그렇게 고마울 수가 없었다.

그런데 진료실 앞에서 엄마가 그 꽃무늬 양산을 꽁꽁 접더니 작은 가방에 굳이 집어넣는 것이다. 그냥 손에 들고 있어도 될 텐데 왜 그러는지 궁금했다.

"엄마, 그냥 들고 가지, 왜 집어넣어?"

"버스 타고 온 거 티 나잖아."

"그게 뭐 어때서?"

"좀 창피해서."

"…."

나는 버스가 좋았다. 버스 타면 세상을 구경하는 기분이었다. 빗물에서 장난치는 아이들, 일렬로 소풍 가는 유치원생들, 무리지어 가는 중고등학생 언니 오빠들. 다 내게는 좋은 구경 거리였다. 차창 밖으로 펼쳐지는 낯선 세상이 좋았다.

그런데 엄마가 창피하다고 하는 순간, 버스는 내게 부끄러움이 되어 버렸다. 엄마는 가끔 아파트 주차장에 늘어선 자동차들을 부러워하곤 했었다. 당시 우리 집엔 차가 없었다. 우리는 부촌 아파트에 살았다. 어쩌다 작은 평수를 분양받아서 살게 된 건데 살면서 보니 우리 주위엔 온통 부자들만 있었다.

"이 동네는 아빠들이 출근해도 주차장에 차가 많아. 차 있는 여자들도 많은가 봐."

언젠가 엄마가 통화하면서 하는 이야기를 들었다. 그때는 미처 엄마의 말투에 배어 있는 부러움을 읽지 못했는데 버스 타는 게 창피하다는 엄마를 보니 비로소 알게 되었다. 강남 한복판에서 엄마랑 버스 타고 다니는 건 창피한 거구나.

그 이후론 아이들과 학교 갈 때 버스를 기다리는 아빠를 만나면 얼굴이 달아올랐다. 친구네 집에는 다들 자가용이 두 대씩 있었다. 버스 정류장에서 따가운 햇살을 받아 땀을 흘리며 버스를 기다리는 아빠를 마주치면 슬쩍 눈인사만 하고 지나갔다. 아이들에게 '우리 아빠야'라고 말하지 못하고.

우연히 인터넷에서 공개 구혼 기사를 보았다. 강남의 부촌 아파트에서였다. 아파트 현관 입구 게시판마다 '사윗감을 찾습니다'라는 전단지가 붙었다. 눈길을 끄는 건 딸의 학력이나 직장이 훌륭하다며 빨간 줄을 그은 것만이 아니었다. '저희는 00아파트에 입주 때부터 거주해 왔습니다'라고 밝힌 대목이다. 해당 아파트에 얼마나 오래 살았는지가 중요한 정보라도 되는 듯 강조한 것이다.

부촌 아파트에 오랫동안 살았으니 우리 신분이야 보증한다는 태도였다. '부촌'에서 나고 자라 '명문대'를 졸업하고 '전문직' 종사자라는 것이 가장 중요한 정보였다.

어떤 취미 생활을 하는지, 종교는 있는지 없는지, 삶의 우선 순위는 무엇인지 그런 건 중요해 보이지 않았다. 남들한테 내세울 만한 '등급'인지 아닌지만 따졌다. 어떤 '사람'과 매일 아침 같이 눈을 뜨고 함께 식탁에 앉아 눈을 마주쳐야 하는지, 실제 펼치는 인생의 풍경보다 그 풍경을 보는 옆집 사람들의 품평회가 더 중요해 보였다.

이런 세태는 아이와 어른을 가리지 않는 것 같다. 얼마 전한 학원 건물의 엘리베이터를 탔다가 놀라운 광경을 보았다. 이제 막 아기 티를 벗어 유아로 진입한 유치원생들. 올망졸망한 모습이 귀여워서 미소를 머금고 지켜보았다. 아이들의 뽀얀 볼이 참 사랑스럽다고 생각한 순간이었다.

"야, 너 나한테 까불지 마. 너는 C 레벨도 안 되잖아."

"뭐라고?"

"영어로 말도 잘 못하면서!"

"그러는 너는 몇 레벨인데?"

옥신각신 싸우는 아이들의 소란을 선생님의 한 마디가 잠재웠다.

"애들아, 레벨 이야기 금지랬지."

아마 영어 유치원 아이들인데 이렇게 싸우는 게 처음이 아닌가 보다. 그 조그만 입술에서 저런 이야기가 나오는 걸 보니 서글퍼졌다. 사람을 등급 매기고 차별하는 어른들의 속물근성이 아이들에게 그대로 투영되어 나오는 듯했다. 고만때 아이라면 친구가 좋아하는 만화 속 캐릭터나 같이 놀 수 있는 시간대를 더 궁금해야 하는 것 아닌가? 사는 동네, 학벌, 직장 등으로 사람을 나누는 어른들의 축소판을 아이들이 재연하고 있었다.

박완서 작가의 『옥상의 민들레꽃』에서는 호화로운 궁전 아파트에서 자살한 할머니 이야기가 나온다. 궁전 아파트 사람들은 할머니의 자살 그 자체보다 그 사실이 밖으로 새어 나갈까봐 전전긍긍한다.

'이런 일이 자꾸 일어나 소문이 퍼져 보십시오. 사람들은 궁전 아파트 사람들의 행복이 가짜일 거라고 의심할지도 모릅니다. 그렇게 된다면 큰일입니다. 그런 생각만으로 궁전 아파트 사람들은 단박 불행해지고 맙니다. 궁전 아파트 사람들이 이제껏 행복했던 것은 다른 사람들이 그렇게 알아줬기 때문이니까요. 그것은 마치 엄마의 보석 반지가 엄마를 행복하게 만드는 것은, 보석이 아름다워서가 아니라 보석이 진짜라는 보석 장수의 보증 때문인 것과 같은 이치입니다.'

보석보다 보증서를 손에 넣는 게 더 중요한 사람들. 우러러보는 남들의 시선이 실제 자신의 삶보다 더 중요한 사람들. 그런 사람들 틈바구니에 살면서 한때는 나도 내세울 만한 보증서가 있는 사람들을 부러워하고 그렇지 못한 내 처지를 씁쓸하게 여기기도 했다. 스스로 그런 생각을 떨쳐 버리려고 해도 가끔은 혹 들어오는 말 한 마디가 마음을 다시 원점으로 되돌려 놓기도 했다. 때로는 이웃이, 때로는 친구가, 아주 가끔은 가족이 나의 현재 상황을 얕잡아 보는 듯한 말을 하면 밤새 속앓이를 했다.

하지만 이제는 조금 알게 되었다. 남에게 내세우기 위한 보증서를 한 다발 갖고 있어도 그게 나의 행복을 보장해 주는 건 아니라는 것을. 내 행복을 타인의 이목에 맡기면 나는 죽을 때까지 타인의 시선에 목매는 삶을 살아야 한다는 것을. 사회가 날이 갈수록 각박해지고 아직 선진국처럼 사회 안전망이 잘 갖춰져 있지 않기에 안정된 삶에 대한 희구가 보증서 갖기 열풍으로 이어졌지만 거기에 휩쓸리고 휩쓸리지 않고는 내 선택이다.

요즘은 한 가구에 자가용 두 대도 흔한 시대다. 하지만 여전히 나는 버스를 자주 탄다. 사실 지방에 내려왔을 때 제일 먼저 부딪힌 문제가 대중교통이었다. 서울에 비해 상대적으로 노선도 적었고 배차되는 버스의 수도 부족했다. 더구나 내가 사는 동네는 좀 외진 곳이라 버스 이용하기가 불편했다. 그래서 이 동네 엄마들은 거의 차를 갖고 다닌다.

이런 분위기지만 나는 꿋꿋하게 버스를 애용한다. 그냥 이용하는 정도가 아니라 버스 앱을 깔고 열심히 탄다. 하루는 병원을 가기 위해 부랴부랴 길을 나섰다. 눈앞에서 버스를 놓치고 다음 버스 올 시간을 검색하니 25분 뒤. 한참을 기다려야 했다. 빈 시간을 그냥 보내기 아까워서 바로 옆 한의원에 가서 침을 맞았다. 침을 맞는 동안에도 틈틈이 앱을 보며 버스 위치를 확인했다. 침을 맞자마자 헐레벌떡 뛰어오니 전광판에 보이는 '잠시 후 버스 도착!' 얼마나 기쁘던지.

이제 나는 버스가 창피하지 않다. 겉보기엔 자가용이 편하고 우아해 보이지만 버스 앱을 깔고 시시각각 다가오는 버스 위치를 확인하며 시간을 아끼는 내 모습이 좋다. 같은 비용으로 더 효율을 높일 수 있을까 부지런을 떠는 과정이 즐겁다.

언젠가 다단계하는 이웃 지인이 한번뿐인 인생 돈 걱정하는 일 없이 살아봐야 하지 않겠냐고 물으며 가입을 권유했다. 좋은 학벌, 좋은 직장, 좋은 동네를 추구하는 심리에는 이런 소망이 깔려 있는 듯하다. 한번뿐인 인생, 돈 걱정하지 않고 남에게 굽실거리는 일 없이 떵떵거리며 살고 싶은 거다. 하지만 그만큼 내 인생의 주인이 내가 아니라 세상의 이목이 되어간다. 내가 행복한 게 목적이 아니라 내가 행복해 보이는 게 목적인 삶으로 변해버린다.

한번뿐인 인생, 때론 적당한 돈 걱정도 하고 남을 부러워하기도 하고 그러다가 내 삶에 만족하는 요령도 터득하며 살고 싶다. 평생 놀고 먹을 돈 쟁여놓거나 자랑만 하는 삶이란 얼마나 긴장감 없고 무료할까. 서로에게 등급을 매겨 놓고 이리 재고 저리 계산하는 삶은 또 얼마나 삭막한가. 남이 나에게 부여해주는 행복 보증서나 등급보다 내가 스스로 쌓아가는 하루하루의 행복을 더 소중히 여기고 싶다. 버스 기다리던 아버지를 모른 척하던, 부끄러운 행동은 다시는 하지 않고 말이다.

20대 학원 강사에게는 보이지 않았던 것들

학원 강사들 카페에서 정보를 뒤지다가 자신의 처지를 하소연하는 글을 보았다.

'학원 강사에 대한 인식이 참 별로인 것 같아요. 학원 강사하고 있다고 하면 취업이 안 돼서 하는 걸로 생각해요. 인정받지 못하는 것 같아 서글픕니다.'

누군가의 하소연을 보니 내 20대가 떠올랐다. 나도 졸업 후에 떠밀리듯이 사회로 나왔지만 받아주는 곳이 없었다. 서류가 통과되어 간 곳은 아주 영세한 출판사나 유령 회사가 아닌가 의심되는 광고 기획사 같은 곳이었다. 학교 다닐 때 취업 준비보다는 학교 신문 제작에 온 열정을 쏟고 살아서 이력서 칸을 채울 영어 성적이나 자격증 같은 것도 없었으니 취직하기 어려운 것은 당연했다.

덜컥 졸업은 했으니 더 이상 집에서 용돈을 타 쓸 수도 없었다. 막다른 상황에 내몰려 제일 먼저 뒤적인 게 '벼룩 시장'이다. 거기서 '강사 급구' 같은 광고를 보고 여기 저기 문을 두드렸다. 하지만 경력이 전무한 강사를 받아주는 곳도 찾기는 힘들었다. 몇 번의 시도 끝에 잠실의 한 학원에 가게 되었다. 집에서 2호선을 타고 한참을 가고 내려서 또 마을 버스를 타야 했다. 추운 겨울이었다. 매서운 날씨에 교통이 불편한 곳을 가야 했지만 경력도 없는 강사를 써주는 곳에 일단 발을 디뎌야 했다.

처음에는 내 힘으로 돈을 번다는 사실만으로 보람을 느끼며 신나서 다녔다. 아이들도 '선생님, 몇 살이에요?' '첫사랑 얘기해 주세요.' '선생님 수업 재밌어요'라며 친근하게 다가왔다. 같이 일하는 강사들하고 친해지면서 새로운 인간 관계도 경험했다.

하지만 늘 그렇듯이 동창회가 문제다. 오랜만에 만난 친구들이 저마다 무슨 기업, 무슨 회사가 박힌 명함을 들고 나타난 것이다. 명함을 서로 주고받는 친구들 사이에서 어색하게 웃고 있어야 했다. 학원 강사에게 명함 같은 건 없었다. 내 나름대로 사회에 첫 발을 내디뎠다고 생각했지만 누구에게도 인정받지 못하는 느낌이었다. 친구들이 신입사원 연수나 출장 이야기를 하며 멋진 커리어를 쌓는 과정을 자랑스레 이야기할 때면 한없이 작아졌다. 나는 기껏 동네 학원에서 아이들과 씨름하고 있구나.

아이들이 접어서 건네는 종이학 같은 거에 감동하던 자신이 갑자기 우습게 느껴졌다. 명함도 없이, 가끔은 공휴일에도 쉬지도 못하고, 원장과 학부모 눈치 보며 박봉에 시달리는 학원 강사가 뭐 그리 좋다고 즐겁게 다녔을까 싶었다. 하지만 그만둘 수도 없었다. 마지못해 하루하루 다니며 벗어나기만을 바랐다. 남들처럼 아침에 출근하고 싶었다. 이리 밀리고 저리 밀릴지언정 번잡한 출근 버스를 타고 중심지로 나가고 싶다는 생각이 간절했다. 늦었다고 헐레벌떡 뛰어가는 아침 출근 풍경 속에 얼마나 나를 간절하게 그려 넣었던가.

우여곡절 끝에 공공 기관에 취업해 그토록 원하던 아침 출근을 할 때는 심장이 터질 것 같았다. 출근한다는 사실만으로 성공한 인생이란 느낌이었다. 그 뒤에 닥칠 직장 생활의 현실적인 난관들 같은 건 생각하지 못한 채.

몇 년 뒤에 직장 생활의 쓴맛, 단맛을 다 경험하고 사표를 냈을 때만 해도 더 나은 직장이 나를 기다리고 있을 줄 알았다. 남편을 따라 지방으로 내려가는 걸 새로운 세상에 대한 도전쯤으로 여겼다. 지방 도시에 가면 나를 반겨줄 이웃과 일자리가 있을 거라고 단단히 착각을 하고 있었다.

서울에서도 취직하기가 어렵다, 어렵다 했지만 지방은 정말 양질의 일자리 찾기가 힘들었다. 특히 대졸 여성이 할 수 있는 일이 공무원, 은행원, 교사 외에는 드물었다. 기간제 교사 같은 임시직을 간신히 구할 수 있었지만 그마저도 임신과 출산으로 계속할 수 없었다. 임용고시도 도전해 봤지만 불합격하고 그 도전 역시 아이들을 낳고 키우면서 중단해야 했다.

아이들을 웬만큼 키우고 이제 다시 일을 해볼까, 취업 전선으로 뛰어들었지만 쉽지 않았다. 늦게 퇴근하는 일을 하기에는 아이들이 아직 어렸고 파트 타임으로 할 만한 일은 단순노무직이라서 선뜻 내키지 않았다. 기간제 교사라도 다시 구하고 싶었지만 연고가 없는 지역에서 쉽게 구해지지 않았다. 결국 예전에 인연이 닿았던, 서울에 본사를 둔 회사에서 다시 연락이 와서 컴퓨터로 재택 근무하는 일을 시작했다.

처음에는 아이들을 데리고 집에서 할 수 있는 일이라서 만족도가 높았다. 아이들도 엄마가 어디 멀리 나가지 않고 옆에 있으면서 일한다고 하니 안심하는 듯했다. 하지만 일과 살림이 구분되지 않다 보니 집에 있어도 쉬는 것 같지 않고 24시간 사람이 풀가동되는 느낌이었다. 컴퓨터 앞에 앉아서 일하다가 애들 밥 차리다가 다시 일하다가 또 청소도 하다가…. 정신 없는 일상이었지만 때 되면 꼬박꼬박 월급이 들어오는 통장을 보며 위안을 삼기를 몇 년, 어느 날 아이가 물었다.

"엄마는 컴퓨터 일 왜 해?"

"어, 너희 맛있는 것도 사주고 예쁜 옷도 사 입히려면 엄마도 돈 벌어야지."

"아빠가 벌잖아."

"그래도 엄마도 벌어야 더 많이 사주지."

"더 많이 안 사줘도 되니까 난 엄마가 그 일 안 했으면 좋겠어."

"왜? 엄마가 너희랑 못 놀아줘서?"

"그것도 그렇지만…."

"다른 이유가 있어?"

"어, 엄마가 컴퓨터 일할 때 행복해 보이지 않아. 인상 쓰면서 하고 있어."

아이의 한 마디가 내 이마를 얼얼하게 치고 지나갔다. 내가 이 일을 하면서 인상 쓰고 있었구나. 매일 시간에 쫓기면서 "엄마 마감해야 하니까 얌전하게 너희끼리 놀아"라고 소리치고 있었구나. 방에 들어오지 말라고 신경질을 냈구나. 애써 외면한 사실들이 한꺼번에 떠올랐다.

그다지 큰 수익을 내는 일도 아니고 회사의 매뉴얼대로 진행하는 일이라 개인의 창의성이나 열정을 크게 발휘하기도 어려운 일이었다. 무엇보다 아이들에게 행복하지 않은 엄마를 보여주고 있었다는 사실이 마음 아팠다. 말이 좋아 재택근무지, 늘 집에서도 쫓기듯이 지내는 엄마가 아이들 보기에도 불안해 보였던 것이다.

꼬박 한 달을 고민했다. 남편과 아이들과 떠난 휴가지에서 바다를 바라보며 전화를 했다.

"팀장님, 저 이번 휴가 끝나면 복귀하지 않고 그만 두어야 할 것 같습니다."

말하는 내 목소리가 떨렸다. 전화를 끊고 바다를 바라보니 탁 트인 광경이 시원하면서도 어딘지 허전해 보였다. 내 마음 같았다. 그래도 집에서 애들 키우면서도 할 수 있는 일이라고 처음에 얼마나 좋아했던가.

조금은 아쉬운 마음을 뒤로 하고 새로운 일을 찾아야 했다. 쉽지 않기는 마찬가지였다. 아니, 더 어려워졌다. 나이는 더

들었고 재택 근무로 한 일은 내세울 만한 경력이 되지 못했다. 어떻게 해야 할까. 전공을 살려 아이들에게 국어와 논술을 가르치기로 했다. 하지만 오래된 동네라 이미 터줏대감들이 많았다. 비집고 들어갈 자리가 없었다. 대범하게 봉사한다 생각하기로 하고 공짜로 시작했다.

몇몇 아이들이 모였다. 아무리 공짜라 해도 아이들이 시간을 내서 오는 수업인 만큼 철저히 준비했다. 한때는 학원에서 돈 받고 하는 수업에도 열정을 다하지 못했지만 이제는 수업료도 없는 수업이지만 시간을 내준 아이들에게 고마워서 최선을 다했다. 아이들의 한 마디 한 마디도 놓치지 않고 반응을 해주며 수업을 이끌었다. 고백하건대, 20대에는 모범생들을 편애하며 말 안 듣는 아이들은 쉽게 나무라며 수업했다. 하지만 40대 중년이 된 지금은 아이들 한 명 한 명이 누군가에게 얼마나 소중한 자식인지 알기에 함부로 편애할 수 없었다. 꾸짖을 때도 훨씬 신중을 기했다.

엄마들이 수업이 너무 좋다며 자발적으로 수업료를 내기 시작했고 인원도 더 늘게 되었다. 그리고 독서 프로그램을 개설한 도서관과 학원에도 수업을 나가게 되었다.

학원에 첫 출근을 하던 날. 오래 전 잠실의 학원에 첫 발을 내디딜 때처럼 추운 겨울날이었다. 하지만 그때와 마음가짐은 달랐다. 졸업하고 그저 떠밀리듯이 온 곳이 아니라 누군가의 귀한 자식을 가르치는 곳이라는 생각이 들었다. 20대에 학원에 왔을 때는 아이들이 잘 보이지 않았다. 학원 강사라는 명함이 남 보기에 그다지 번듯하지 못하다는 생각에 속상한 마음이 컸기 때문이다. 이제는 아이들 한 명 한 명의 눈빛이, 미소가, 때로는 서글픔이나 아픔까지 보인다. 겉으로는 도도하고 반항적인 분위기를 내보이는 아이들일지라도 겪다 보니 칭찬과 애정, 격려에 목마른 약한 존재일 뿐이라는 생각이 든다. 남이 나를 어떻게 보는가는 이제 내 인생의 우선 순위에서 많이 밀려났다.

한때는 교단에 잠깐밖에 서지 못한 게 아쉬웠다. 하지만 세월이 흘러 학원이나 기타 공간에서 소수의 아이들을 상대로 수업을 하다 보니 많은 아이들을 상대로 할 때는 미처 보지 못했던 아이들의 세밀한 내면까지 볼 수 있어서 좋다는 생각이 든다. 성적에 치이고 실패를 두려워하며 떨고 있는 가여운 아이들의 그림자도 보였다. 그런 아이들을 이제는 중년의 엄마가 되어 좀더 넉넉한 가슴으로 품어줄 수 있게 된 것이다.

내가 만약 임용고시에 합격해서 교사의 길을 걸었으면 내 가슴에 그늘은 지금보다 적었을 것이다. 어쨌거나 임용고시

합격이라는, 성공의 경험은 음지보다는 양지의 마음 평수를 넓혔을 테니까. 하지만 실패를 경험했기에 어디에서든 내가 가르치는 아이들의 불안한 눈빛을 누구보다 잘 이해하고 보듬어 줄 수 있는 듯하다. 그리고 20대에는 소중한 줄 몰랐던 나의 자리를 40대에 비로소 감사하게 받아들일 줄 알게 되었다. 이정록 시인의 『시인의 서랍』에 나왔던 '그늘을 잘 경작혀야 풍성한 가을이 온다는 말이여'라는 말처럼 내 마음에 드리워진 그늘 덕분에, 스며드는 한 줄기 햇살에 감사할 줄 알게 된 것 아닐까.

엄마들 모임에 권력 관계가 있다? 없다?

큰아이 어릴 때 사람이 참 그리웠다. 아이와 단 둘이 하루 종일 시간을 보내노라면 입에 거미줄 쳐지는 느낌이었다. 아이랑 알 수 없는 외계어를 주고받는 것도 한 두 시간이지, 그이상 꺄르르 꺄르르 소리만 내며 놀아주다 보면 누군가와 말을 하고 싶었다. 특히 나처럼 다른 사람과의 관계를 통해서 에너지를 충전하는 유형의 사람은, 대화 상대가 그리웠다.

그래서 문을 두드린 곳이 문화센터였다. 문화센터에 가면 또래 엄마들도 있고 아이 친구도 만들어 줄 수 있으리라는 생각에서였다. 처음 간 문화센터에서 같은 아파트에 사는 엄마를 만났다. 아이도 개월 수가 비슷했다. 금방 친해질 수 있을 거라 생각했다.

하지만 그녀는 나와 여러모로 달랐다. 외모를 꾸미기 좋아하는 화려한 스타일이었다. 본인의 겉모습뿐 아니라 남들 눈에 띄는 건 뭐든지 멋지게 해 놓았다. 집에 가면 멋진 샹들리에가 드리워진 거실에 덩치 큰 수입 식탁이 자태를 뽐내고 있었다. 탁자에는 늘 화려한 꽃병이 놓여 있고, 그 어린 아기를 패셔니스타 못지않게 앙증맞게 입혀서 지나가는 사람들의 시선을 받았다. 나는 그녀에 비해 어딘지 초라해 보였다. 아이 봐줄 사람도 없으니 쇼핑할 시간도 없어 매일 똑같은 옷을 입고 다니는 처지였고 우리 집은 오래 되어 울퉁불퉁해진 벽지가 그대로 눈에 띄는 전셋집이었다.

문제는 그런 차이를 서로 아무렇지 않게 받아들일 수 있을 만큼 편한 사이가 아니었다는 거다. 한두 번 그녀가 무심하게 내뱉은 한 마디에 상처 받기 시작할 무렵 문화센터에 모인 다른 엄마들과 모임이 형성되기 시작했다. 그녀는 서서히 나에게 멀어져 비슷한 부류의 사람들과 어울리기 시작했다. 속상했다. 엄마들과 어울리는 게 편하지 않았다.

한동안 뜸한 엄마들과의 모임이 아이가 유치원에 들어가면서 자연스레 다시 생기기 시작했다. 유치원에 아이를 데려다 주고 데리고 오고 하다 보니 자연스레 엄마들과 인사할 기회가 생겼다. 처음에는 보통 아이 이야기를 한다. 아이는 몇 시에 자냐, 밥은 잘 먹냐, 한글은 배우냐, 아이에 관해 이런 저런 이야기를 나누다 보면 조금씩 친해진다. 그리고 한두 번 집에도 놀러오고 놀러가면서 언니 동생 하는 사이가 된다.

그런데 큰아이는 좀 예민한 성격이라 친구들과 어울리기 힘들어 할 때가 있었다. 가끔 오지랖 넓은 엄마들이 한 마디씩 툭 건네곤 했다.

"00이는 저렇게 잘 울어서 어떡해?"

"00이는 친구랑 놀다가 잘 토라지는 것 같네."

악의는 없었다 해도 내 아이에 대해 이러쿵저러쿵 하는 이야기를 듣는 것은 힘들었다. 그러던 중에 아이가 내가 없는 자리에서 다른 엄마에게 떼를 쓴 일이 생겼다. 한 엄마가 여러 아이들에게 붕어빵을 사줬는데 하필 우리 아이가 싫어하는 팥 붕어빵을 사준 것이다. 아이는 슈크림 붕어빵으로 바꿔달라고 했지만 우리 아이에게만 다시 사줄 수 없어 그 엄마가 무척 난처해했다는 것이다.

"보다 못한 다른 엄마가 너희 엄마한테 가서 사달라고 그래, 한 소리 했어."

그 말을 전해 듣고 얼마나 창피했는지 모른다. 돌이켜보면 아직 일곱 살이니까 그럴 수도 있는 일인데 그때는 집에 오자마자 아이를 다그치며 혼을 냈다.

"거지도 아니고, 왜 엄마도 아니고 다른 아줌마한테 먹을 거 바꿔 달라고 떼를 쓰고 그래?"

"난 팥이 너무 싫어서….."

"그러니까 엄마 올 때까지 기다리지, 엄마도 없는 자리에서 왜 다른 사람한테 떼를 부렸냐고?"

사정없이 몰아세우는 내 말에 아이는 결국 울음을 터뜨리고 다시는 안 그러겠다고 했다. 그래서 한동안 우리 아이는 놀이터에서 누가 먹을 것을 준다고 해도 질 받지 않았다. 엄마한테 혼난다면서. 시간이 지나 생각해보니 그런 식으로 우리 아이한테 핀잔을 준 누군가의 엄마가 과했다는 생각이 들었다. 그리고 그걸 곧이곧대로 전한 엄마도 의도가 무엇이었든 잘한 일은 아니었다. 그렇게 초보 엄마는 소위 기가 센 엄마들 사이에서 공연히 위축되어 죄 없는 아이를 잡기도 하는 우를 범했다.

더 심한 일은 아이 생일파티에서 일어났다. 큰아이가 입학했을 때만 해도 반 아이들 전원을 불러서 여는 생일 파티가 유행이었다. 요즘은 위화감 조성을 이유로 학교에서 그런 생일 파티는 되도록 열지 말라고 하는데 그때만 해도 다들 돌아가면서 파티를 하는 분위기였다.

그런데 반에 유난히 다른 아이들을 괴롭히는 여자 아이 A가 있었다. 다른 아이 연필을 뺏거나 신발 주머니를 감추는 등 못된 장난을 치는 아이였다. 문제는 우리 아이가 그 애와 짝이라서 같이 어울려 다니다 보니 오해를 받기도 했다는 것이다. 우리 아이도 그 애가 무서워서 어쩔 수 없이 같이 다녔는데 속사정을 모르는 어떤 엄마들은 그 애와 친하게 지낸다며 우리 아이에 대해서도 선입견을 가졌던 것 같다.

우리 아이 생일 파티에 한 엄마가 작정하고 온 듯했다. 파티에 온 A를 보자마자 세워 놓고 언성을 높이기 시작했다.

"A야, 저번에 우리 B한테 욕 했다면서? 그런 욕은 어디서 배워 오는 거니? 또 연필도 뺏었다며? 너 한번만 더 그러면 아줌마한테 혼날 줄 알아."

A의 엄마는 그 자리에 오지 않았으니 그 아이를 방어해 줄 어른은 아무도 없었다. A는 얼굴이 새빨개져 B 엄마의 꾸지람을 듣고 있었다. A가 그간 잘못을 해왔다는 건 알지만 이렇게 여러 사람이 있는 데서 망신을 주는 건 아니라는 생각이

드는 순간, 갑자기 B 엄마가 우리 아이를 불러 세웠다.

"너도 얘랑 어울린다며?"

그때 갑자기 아이들이 요란한 소리를 내며 노는 바람에 뒷말은 들리지 않았지만 무언가 나무라는 내용임에 틀림없었다. 생일 파티의 주인공을 세워놓고 뭐하는 건지 어안이 벙벙한데 그 엄마는 자기 할 말만 쏟아 붓고 유유히 사라졌다.

지금도 그 순간을 떠올리면 아이에게 미안하다. 왜 그때 돌아가는 그 엄마를 붙잡고 자초지종을 묻지 못했는지, 오해를 풀지 못했는지, 우리 아이에게 사과하라고 못했는지. 목소리 큰 엄마들의 기세등등함에 그리 쉽게 밀려난 게 부끄럽다.

일이 커질까봐 두려웠던 마음도 있었다. 가끔 자식 일이라면 이웃 엄마고, 선생님이고, 학교고 가리지 않고 싸움닭처럼 변하는 엄마들이 있는데 이런 엄마들은 어쨌든 표면적으로는 권력을 휘두른다. 뒤에서는 눈살을 찌푸리는 사람들도 있지만 상대해봤자 시끄러워지니 앞에서는 다들 져준다. 나 또한 그런 심리도 있었다. '상대해 봤자'라는 생각. 하지만 아이의 입장에서 돌이켜보니 아이는 자기 생일 파티에서 얼마나 당황스러웠을까 싶어서 참 미안했다.

그 뒤로는 과하게 나서지는 않더라도 아이를 위해 할 말은 하기로 마음먹었다. 앞뒤 상황 따지지 않고 내 아이만 싸고 도는 엄마는 되지 말아야 하지만 정당하게 할 말도 못하는 엄마가 되는 것도 안 된다고 생각했다. 아이가 2학년 때 한번은 집으로 낯선 목소리의 한 엄마에게 전화가 왔다. 인사도 없이 대뜸 용건부터 이야기했다.

"저 00 엄마인데요, 댁의 아이가 저희 아이와 안 놀아줘서 저희 아이가 무척 속상해 해요."

"아…. 네. 그런 일이 있었나요?"

"별다른 이유도 없이 주변에 다른 아이들이랑은 놀면서 저희 애하고만 안 논다는데 무슨 일인지 제가 직접 댁의 아이랑 통화해 봤으면 좋겠어요. 좀 바꿔 주시겠어요?"

한때 마음 약한 엄마였을 때는 혹시 아이가 무슨 잘못을 했을까 싶어서 바꿔줬을지도 모른다. 하지만 여러 사건을 겪으며 제법 단단한 엄마가 되었다.

"아이랑 직접 이야기 나눌 이유는 없을 것 같네요. 저희 아이가 의도적으로 누구를 따돌리거나 괴롭히진 않을 것 같지만 제가 한번 이야기해 볼게요."

상대방은 딱히 할 말을 찾지 못하고 순순히 전화를 끊었다. 남들이 보기엔 별일 아니지만 소심한 엄마로서는 꽤 용기를 낸 것이다.

그 뒤로도 아이를 둘러싸고 일어나는 크고 작은 사건들에는 엄마들 간의 보이지 않는 기 싸움이 있었다. 때론 자신의 부유함을 내세우며 상대방을 이기려는 엄마도 있었고 자식이 공부 잘 한다는 이유로 다른 엄마들을 무시하는 엄마도 있었다. 아이가 성격이 원만하고 친구들 사이에서 인기가 많다는 걸 주무기로 내세우는 엄마도 있었다. 엄마들 사이에서도 이렇듯 다른 여느 인간관계처럼 권력 관계가 존재했고 이것이 자식에게 영향을 끼칠 때는 무섭게 변하는 엄마들도 있다.

그 사이에서 내 교육관과 소신을 지키며 내 아이를 적절히 변호하며 방어하는 것도 필요했다. 내 아이의 흉허물을 편하게 터놓고 이야기하면 어느 날 그것이 부메랑이 되어 돌아왔다. 특히 내 아이랑 상대방의 아이가 부딪히는 일이 생기면 그랬다. 이런 이유로 엄마들은 차츰 자신의 아이에 대해서도 솔직하지 않게 되나 보다.

예전에 직장 다니며 어려운 인간관계의 고비를 꽤 많이 넘겼다고 생각했는데 엄마들과의 관계는 아직도 쉽지 않다. 자식이 얽혀 있기 때문이다. 그 미묘한 관계 속에서 적당히 선을 지키며 내 목소리 내고 적절한 선에서 솔직함을 유지하는 것이, 나처럼 한번 내주면 다 내주는 스타일의 사람에게는 참 맞지 않는다.

그래도 자식 낳아 키우며 인생 공부한다고 생각하고 받아들이려 애쓴다. 진심은 통한다고 개중에는 상대방이 부유한지, 아이가 공부를 잘 하는지, 같이 다니면 남들한테 우쭐할 수 있는 대상인지 따지지 않고 솔직한 곁을 내주는 엄마도 드물게는 있으니까. 알게 모르게 권력 관계가 형성되어 있는 마당에 모두와 친하게 잘 지내려는 건 욕심이다.

바나나 한 개를 품에 넣어 온 아버지

　지금에야 바나나가 무척 흔한 과일이 되었지만 내가 어릴 때만 해도 꽤나 귀한 과일이었다. 성확한 가격은 기억이 안 나지만 당시 우리 형편에는 비싼 금액이었다. 막내 동생이 유난히 바나나를 먹고 싶어 했지만 사 먹을 수 없었다.

　어느 날 아버지가 맛있는 걸 사 왔다며 품에서 무언가를 주섬주섬 꺼내셨다. 바나나 한 개였다. 과일 장수에게 그 하나를 따로 잘라서 사 오신 것이다. 우리 넷은 환호성을 질렀다. 막내 동생은 폴짝폴짝 뛰며 좋아했다. 엄마는 바나나를 4등분해서 우리에게 나눠 주셨다. 엄마 아버지는 안 먹어도 괜찮다고 하시면서.

우리 부모님이 자주 싸우시고 정서적으로 우리를 보살피지 못했다고는 하지만 어떤 장면을 떠올리면 마음이 따뜻해진다. 과일 장수에게 아쉬운 소리를 해 가며 바나나 하나를 잘라서 사 오셨을 아버지의 모습을 상상할 때나 그걸 4등분해서 나눠 주며 맛있게 먹는 아이들을 흐뭇하게 바라보시던 엄마의 얼굴을 떠올릴 때이다.

가족애라는 건 꼭 풍요 속에서 피어나는 건 아니다. 어렵고 힘들 때 오히려 더 끈끈한 애정이 생기기도 한다. 바나나 한 개라도 이렇게 온 식구가 즐겁게 나눠먹은 기억은 애틋한 마음으로 가족을 떠올리게 만드는 추억이다. 경제적으로 다소 어렵더라도 아이들은 의외로 조금 불편하고 아쉬운 상황도 잘 견딘다. 힘들었던건 우리집의 경제적 형편, 그 자체보다 상대적인 박탈감 때문에 한탄하는 엄마를 보는 거였다.

예전에 성당에서 신부님이 강연 중에 하신 말씀이 있다. 젊은이는 좌절하기 때문에 죽는 것이 아니라 위로 받지 못하기 때문에 죽는다고. 고통 그 자체 때문에 쓰러지는 게 아니라 아무도 그 고통을 돌아봐주지 않고 힘내라고 응원해 주지 않기 때문에 쓰러지는 거라고. 깊이 공감이 가는 말이다.

건강 검진을 하러 갔을 때 일이다. 위 내시경을 앞두고 서

약서에 싸인도 하고 안내 설명도 듣는데 점점 무서운 생각이 들었다. 작년에 검사 받을 때 서툰 직원이 한 탓인지 너무나 고통스러웠던 기억이 생생히 떠오르면서 심장이 두근거리기 시작했다. 검사 받기 전에 혈압이 갑자기 너무 높게 나왔다. 혈압을 재 본 간호사가 앉아 있는 내 앞에 무릎을 꿇고 앉아 눈을 맞추며 차분하게 말하기 시작했다.

"많이 떨리시죠? 그러실 거예요. 저도 위 내시경 받기 전에 긴장이 많이 되더라고요. 하지만 여기에 계신 분들은 다 베테랑이세요. 최대한 불편하시지 않게 해드리니 너무 염려 마세요."

따뜻하지만 힘 있는 음성이었다. 친절하면서도 믿음을 주는 눈빛이었다. 계속해서 간호사는 나를 진정시키기 위해 무슨 말을 이어갔는데 사실 그녀의 말이 잘 귀에 들어오지는 않았다. 그럼에도 불구하고 그녀가 주는 메시지는 분명했다. 괜찮을 테니 걱정 말라는.

점점 마음이 가라앉기 시작하더니 이내 평정을 되찾았다. 혈압은 정상으로 돌아왔다. 짧은 순간이었지만 진심으로 나를 염려해주고 위로해주는 간호사의 몇 마디에 몸이 반응한 것이다. 잘 모르는 간호사의 따뜻한 한 마디가 널뛰던 혈압을 진정시켜 줬는데 하물며 아이에게 보이는 부모의 반응이 얼마나 깊은 영향을 끼칠지는 어려운 심리학 이론이나 구체적인 자료를 들먹이지 않더라도 짐작할 수 있을 것이다.

안타까운 것은 우리 부모님이 어려운 형편에도 불구하고 따뜻한 정서적 보살핌을 지속했더라면 우리 가족은 어느 가정 못지않게 서로를 위하는 화목한 가정이 되었을 거라는 사실이다. 우리 형제들은 경제적인 곤란함을 이겨낼 의지가 있었다. 엄마 아버지가 주식을 하다 많은 돈을 잃으셨을 때도 "돈은 있다가도 없고 없다가도 있는 것이니 기운 내세요"라며 위로를 해드렸었다.

그러나 아버지와 엄마는 쪼들리는 살림을 두고 갈등이 많으셨다. 그 갈등에서 비롯된 스트레스는 그대로 자식들에게 전달되었다. 부모님의 사이가 안 좋은 것은 자식이 어떻게 해드릴 수가 없었다. 서로를 미워하는 부모님의 모습을 보는 것은 참으로 가슴 아픈 일이다. 내가 어떻게 해결할 수 없는 문제를 무기력하게 짊어지고 있는 느낌이었다.

나는 자식들에게 이런 고민을 안겨주고 싶지 않았다. 최대한 배우자와 모든 면에서 화합하며 화목한 가정을 이루고 싶었다. 지금의 남편과 연애하는 7년 동안 거의 싸운 일이 없었다. 세상의 모든 연인이 콩깍지가 씌면 서로에게 헌신적이 되어 싸울 일이 없다고는 하지만 우리는 유난했다.

연애할 때 당시 남편의 집은 아현동이었고 우리 집은 봉천동이었다. 그 먼 거리를 차도 없는 남편은 만나고 헤어질 때마다 늘 데려다줬다. 나를 데려다 주고 혼자 걸어가는 남편의 뒷모습은 듬직하면서도 외로워 보였다. 같이 살면 서로에게 힘과 위로가 될 거라는 생각이 들었다.

결혼하고 초창기에는 다른 부부들도 그렇듯 싸울 일이 없었다. 그러나 아이를 낳고 키우면서 내가 아는 사람이 맞는가 싶은 순간이 수시로 생기기 시작했다. 아이에게 엄격하고 냉정한 원칙을 들이대며 아이를 혼내고 나에게 너무 아이를 버릇없이 키운다고 타박했다.

사소하게는 겨울에 딸기를 먹는 문제 갖고도 싸웠다. 남편은 저렴하고 몸에 좋은 제철 과일을 먹여야지, 굳이 왜 비싼 과일을 사오냐며 화를 냈다. 나는 바나나 하나라도 사서 먹이고 싶었던 아버지가 생각나서 남편에게 서운한 감정이 앞섰다. 부모라면 자식이 원하면 없는 살림에 빚이라도 내서 해주고 싶은 것이 당연한 것 아닌가? 우리가 돈이 없어서 못 사먹을 형편이라면 몰라도 충분히 딸기 정도는 사 먹일 수 있는데 왜 그걸 낭비라고 여기며 타박하는 건지 남편을 이해할 수 없었다.

아이들 앞에서 싸우는 부모의 모습 만큼 아이들을 힘들게 하는 것도 없다는 걸 알기에 남편하고 싸우면 눈물부터 났다. 그러면 아이들은 엄마가 우는 모습에 또 걱정하고 울기 시작했다. 이게 아닌데, 내가 꿈꾸던 가정은 이런 모습이 아닌데 싶었다. 남편은 매사에 원칙을 내세우며 잔소리와 타박을 하고 나는 그런 남편의 모습에 배신감마저 느끼며 왜 이런 홀대와 무시를 받아야 하는지 분노했다.

아이들에게 위로와 용기를 주는 부모의 말 한 마디가 얼마나 중요한지 알고 있는데 그런 힘을 주기는커녕 싸우고 화내는 부모의 모습을 보여줘서 아이들을 울리는 게 속상해서 견딜 수가 없었다.

이런 갈등이 많이 완화된 건 우연찮게 남편과 '카톡'을 주고받으면서부터였다. 그간은 서로 필요한 말만 간단히 주고받았는데 어느새 카톡으로 설전을 벌이기도 하고 마음속 말을 쏟아내기도 했다. 말로 하면 감정이 격앙되거나 눈물이 앞을 가려서 하기 어려운 이야기도 장문의 문자로 쓰다 보면 제대로 표현할 수 있었다. 나는 일기장을 통째로 복사해서 남편에게 보내며 내 마음이 얼마나 힘든지, 화목한 가정을 이루고 싶은 소망이 얼마나 간절한지 구구절절이 썼다.

사실 남편 또한 가족이라면 끔찍한 사람이었다. 그런데 가족을 사랑하는 방식은 참 달랐다. 남편은 어릴 때부터 일찍 철들어 부모님이 안 계시면 어린 동생을 씻겨서 재울 정도로 어른스러웠다.

시어머니는 남편에게 늘 고맙다고 하셨고, 남편은 고생하는 부모님께 더욱 효도해야 한다고 생각했다. 어리광 같은 걸 부릴 여유가 없었다. 그런 남편의 눈에는 지금 아이들이 부리는 응석이나 투정이 사치스러워 보였다. 더 엄하게 키워야 한다고 생각했다.

남편도 카톡을 통해 자신의 어린 시절을 떠올리며 조금씩 속마음을 내비치기 시작했다. 너무 일찍 철이 든 남편이 아이들과 나에게 지나치게 꼼꼼하고 융통성 없는 원칙을 내세우며 더 잘 하기를 강요하는 것이 조금씩 이해가 되었다. 그것이 옳다 그르다를 떠나 남편도 가족을 사랑하는 마음은 마찬가지인데 그 방식이 나와 다르다는 생각이 들었다. 내가 홀대받거나 무시 받는 건 아니었다.

서로 무슨 일이 있을 때마다 카톡을 통해 긴 장문의 문자를 주고 받으면서 갈등이 조금씩 해소되기 시작했다. 어느 날 자고 있는데 늦게 들어온 남편이 침대에 걸터앉으며 말을 건

냈다.

"자고 있어?"

"어…. 막 잠들었었는데, 왜?"

"그냥…. 미안해서."

"뭐가?"

"너 잘 하고 있는 거 많아. 내가 자꾸 타박해서 미안해."

"…."

"똑똑한 네가 나한테 시집 와서 집에서 애들 키우고 살림하느라 고생이 많다."

생각하지 못했던 남편의 한 마디였다. 그간 결혼해서 애들 키우고 살림하면서 잃어버린 게 많다는 생각에 억울했던 마음, 그런데 누구에게도 대우 받지 못한다는 생각에 서글웠던 마음, 다른 사람도 아니고 나를 누구보다 사랑한다고 했던 남편마저 나를 인정하지 않는다는 생각에 서글펐던 마음, 그 모든 마음이 일순간 풀렸다. 적어도 그 순간만큼은 남편이 진심으로 나에게 미안해하고 고마워한다는 걸 느낄 수 있었다.

물론 일상은 깔끔하지 않고 원래대로 돌아가기도 한다. 사소한 걸로 서로 자존심을 건드리고 싸우고 서로 더 이해 받기를 원해서 다투고, 자식 키우는 문제로 이견이 생겨 논쟁을 벌이고. 그래도 서로에 대한 신뢰가 어느 정도 두텁게 쌓인 덕분인지 예전처럼 갈등의 골이 깊어지진 않는다.

 엊그제는 큰아이가 독감으로 열이 많이 났다. 아이는 입맛이 없다며 아무것도 먹지 않았다. 애가 달은 내가 뭐라도 먹으라고 채근하자 딸기가 먹고 싶다고 했다. 이 밤중에 딸기를 어디에서 사냐고 했지만 아이의 한 마디에 남편은 옷을 챙겨입고 나섰다. 거의 한 시간을 헤맨 끝에 남편은 먼 곳까지 가서 딸기를 사 왔다고 했다.

 평소에는 제철도 아닌데 딸기 먹지 말라고 그토록 잔소리하던 사람이 아이에게 딸기를 사 왔다며 현관에서 활짝 웃으며 들어온다. 그 남편의 모습에서 오래 전 바나나 한 개를 사 왔던 아버지를 본다. 완벽히지 않았지만 그 나름대로 참 노력하셨던 부모님. 부족하지만 아이들을 누구보다 사랑하는 우리 부부. 부모님처럼 살지 않겠노라 생각했지만 어느새 닮아가는 나를 본다.

겉치레, 옷치레, 인사치레

집 앞 가까운 곳에 장을 보러 갔다. 만날 사람이 있던 것도 아니고 코앞에 나가는 거라서 운동복 차림 그대로, 머리는 질 끈 묶고 나갔다. 하필이면 유난히 신경 안 쓴 날이었다는 뜻 이다.

"혹시 은수 씨 아닌가요?"

아이들 사줄 과자를 고르고 있는데 낯선 남자가 말을 걸어 왔다.

"네? 누구신지?"

"00 초등학교 나오지 않으셨어요?"

퍼뜩 떠오르는 얼굴이 있다. 20대 후반, 초등학교 동창회 붐이 일었을 때 만났던 남자 동창생이었다.

"아, 기억 났어. 반가워."

"그대로네. 여기 사나봐?"

"어, 너도 서울에서 내려왔니?"

"어, 참 여긴 내 와이프야."

옆에는 꽤 젊어 보이는 여자가 아기띠로 아기를 안고 새침한 얼굴을 하고 서 있었다. 아기 엄마인데도 잘 차려입고 꾸민 티가 났다. 얼결에 인사를 하고 사는 근황을 짧게 이야기 나눈 뒤에 헤어졌다. 돌아서서 쇼 윈도우에 비친 내 모습을 보니 영 추레해 보였다. 특별한 감정이 있는 사이도 아니었고 동창생이었다는 것 외에 별다른 의미가 있는 상대가 아니지만 오랜만에 만난 모습이 낡은 운동복 차림이었다는 건 매우 아쉬웠다.

옷차림에서 사람 인상이 좌우된다고 생각하는 사람들도 많다. 어떤 헤어스타일을 하고 무슨 색으로 염색했는지, 스웨터는 어떤 재질인지, 부츠는 가죽인지 스웨이드인지 상대의 머리끝부터 발끝까지 꼼꼼히 살피는 사람들이 있다.

사실 나는 그다지 옷 잘 입는 사람이 못 된다. 옷을 사러 가서도 뭘 사야 할지 몰라 우왕좌왕하며 돌아다니다 시간을 낭비하기 일쑤다. 누군가 머리끝부터 발끝까지 예쁜 옷을 골라서 세트로 사다 주는 대행 쇼핑을 해준다면 나 같은 사람은 약간의 비용을 지불하고서라도 시킬 생각이 있다. 그만큼 옷 사고 꾸미는 데는 젬병이기 때문이다.

하지만 남들에게 좋은 인상을 주는 근사한 옷을 걸치고 싶은 소망은 있다. '옷'의 의미가 좀더 특별한 면도 있다. 어릴 때 옷차림 때문에 겪은 씁쓸한 기억 때문인지 모르겠다. 부촌의 아이들은 그 옛날에도 옷은 으레 백화점에서 사는 거였다. 지금도 백화점 옷은 터무니없이 비싼 게 많지만 그래도 세일 상품이나 저가 기획 상품도 적지 않게 나와서 서민들의 접근이 많이 쉬워졌다. 매장에 걸려 있는 옷 말고 매대에 누워 있는 옷을 사면 된다.

예전에는 그런 할인 상품이 많지 않아서 우리처럼 애 넷을 키우는 집에서 백화점을 가는 건 거의 불가능했다. 그래서 엄마는 언제나 시장에서 옷을 사오거나 친척 누군가에게 옷을 얻어 입혔다.

"이거 봐라, 이거 너무 예쁘지? 감도 좋고!"

엄마가 '너무 예쁘다.'며 사오거나 얻어 온 옷은 친구들 옷에 비해 어딘지 촌스럽고 값싸 보이거나 조금 낡은 것들이었다. 친구들하고 나란히 서 있으면 나만 어딘지 촌에서 온 아이 같았다. 아이를 위해 『작은 아씨들』을 읽어준 적이 있는데 그 당시 내 심정이 『작은 아씨들』의 메그가 겪었던 사건에서 너무 잘 표현되어 있었다.

'저녁에 작은 파티를 할 때, 메그는 포플린 드레스를 입기가 부끄러웠다. 다들 얇은 드레스를 입고 맵시를 뽐냈으니까. 샐리의 산뜻한 새 드레스에 비하면 따로 준비해 온 옷을 입었다 해도 낡고 초라해 보였을 것이다. 메그는 소녀들이 힐끗거리며 쳐다보는 것을 눈치 채고는 얼굴이 달아 올랐다. 메그는 얌전하지만 자존심이 강한 아가씨였다. 옷에 대해서는 아무도 말하지 않았다.

샐리는 머리를 장식해 주겠다고 했고, 애니는 허리띠 장식을 빌려 주겠다고 했으며, 약혼한 언니인 벨은 메그의 하얀 팔을 칭찬해 주었다. 하지만 그들이 친절하게 대해 주어도 가난을 동정하는 것처럼 느껴져서 더욱 비참했다. 다른 소녀들은 웃고 수다를 떨면서 나비처럼 팔랑거리며 돌아다녔지만 메그는 혼자서 무거운 마음으로 서 있었다.'

낡고 값싼 옷을 입고 다니면서 자존심을 지키기는 참 어려웠다. 친구네 집에 가면 우아해 보이는 친구 엄마가 머리부터 발끝까지 훑어보며 물어봤다.

"네가 은수구나. 그래, 아버지는 뭐 하시니?"

"네, 학교 선생님이세요."

말하면서도 부끄러웠다. 지금이야 교사나 공무원이 최고의 직업이지만 당시는 그렇지 않았고 특히 그 동네에서 학교 선생님은 가난한 이웃에 속했다. 나는 아이 친구들이 집에 왔을 때 아버지가 뭐 하냐고 함부로 묻지 않는데 옛날 엄마들은 아버지 직업이 그토록 중요했나 싶다.

아무튼 내 옷차림은 그 동네에서 우리 집이 상대적으로 가난한 처지에 있다는 걸 보여주는 사례였다. 친구들도 말은 안 했지만 어쩌다 불쑥 내뱉는 한 마디에서 우리 집이 자기네와 같지 않다는 걸 의식하고 있음을 알 수 있었다.

가뜩이나 옷차림 때문에 주눅 든 나에게 어느 날 엄마가 친척 언니가 입던 벨벳 베이지색 원피스를 갖고 와서 입으라고 했다. 앞에 예쁘게 수놓인 꽃은 마음에 들었지만 원피스 옆이 찢어져서 꿰맨 자국이 선명하게 보였다. 너무 고급스럽고 예쁜 옷이라고 좋아하는 엄마 앞에서 차마 입기 싫다는 말을 못하고 학교에 입고 갔다. 친구들이 꿰맨 자국을 흘끔거리며 쳐다 볼 때마다 얼굴이 화끈거렸다.

『작은 아씨들』의 메그는 낡은 드레스를 입고도 결국은 당당하게 처신했지만 나는 메그가 아니었다. 가난에도 불구하고 의연하고 떳떳했던 메그의 엄마도 내 엄마와는 무척 달랐다. 그런 엄마들은 문학 작품 속에서는 참 잘도 등장하는데 현실은 그렇지 못하다. 많은 어머니들은 끊임없이 돈이 없는 걸 한탄하고 가난을 부끄러워한다. 그런 엄마 밑에서 크면서 메그처럼 행동하기는 어렵다.

작은 아씨가 아닌, 중년의 부인이 되었는데도 가끔 옷차림 때문에 소심해지기도 한다. 자주 보는 이웃들이야 편한 옷차림으로 만나는데 오랜만에 만나는 친구들이 문제다. 띄엄띄엄 보는 사이일수록 옷차림이나 가방, 몰고 오는 차 같은 걸로 상대방의 근황을 파악하려 드는 경향이 있기 때문이다.

남편은 호기롭게 입고 싶은 옷 있으면 언제든 사 입으라고 하지만 예산과 결산이 빤한 가계부를 보고 있노라면 그렇게 내 옷에 턱턱 투자하지는 못하게 된다. 백화점에 가서도 할인 상품만 뒤적이게 된다. 아이들 옷은 조금 무리해서라도 조금 더 비싼 옷을 사주면서 말이다. 그러면서 갈등은 더해진다. 고급스러운 옷을 입고 싶지만 선뜻 사지는 못한 채로.

어릴 때 옷차림 때문에 주눅 들고 갈등했던 모습에서 별반 달라진 것이 없다. 나는 언제쯤 어른스럽고 성숙해지는 걸까? 불혹의 나이를 지났는데도 왜 작은 유혹에도 흔들리고 마음 쓰는 걸까? 언제쯤 메그처럼 낡은 드레스를 입어도 내면의 힘으로 당당하게 얼굴 들고 다닐 수 있을까?

문학 작품 속 인물의 강인함은 저절로 체득되는 것은 아닌 것 같다. 세상 사람들이 중요하다고 생각하는 표면적인 가치에 같이 함몰되지 않으려면 나만의 가치관이나 인생관이 뚜렷해야 한다. 몸에 해로운 인스턴트 식품을 먹지 않으려면 천연에서 구한 대체 식품이 있어야 한다. 겉모양을 화려하게 하는 데 에너지를 쏟지 않으려면 힘을 쏟을 다른 대상, 내면의 가치가 있어야 한다.

젊었을 때 잠시 사회 운동을 하는 동안에는 도덕적인 우위를 점했다고 생각해서인지 낡은 옷이 두렵지 않았다. 겉모습이야 어떻든 이타적으로 사는 삶이 갖는 고결함이 나를 빛내

준다고 생각했었다. 하지만 계속해서 날아드는 고지서와 학기마다 배부되는 아이들 성적표, 시댁과의 관계 등에 치이는 평범한 소시민이 되고 보니 남들보다 나를 빛내줄 무엇을, 나도 모르게 외적인 것에서 찾게 되었다. 누구 엄마가 무슨 코트를 입었네, 누구네가 차를 뭘로 바꿨네, 어디에 집을 샀네 하는 소식이 들릴 때마다 혼자 도태되는 것 같아 초조해지기도 했다. 그런 불안의 끝은 후회와 원망이었다. 어느 날 식탁에서 이런 이야기를 하는데 큰아이가 불쑥 말했다.

"엄마는 후회 is my life 같아."

"어?"

"엄마는 후회를 참 많이 하는 것 같다고. 좋은 직장을 그만둬서 후회, 이디에 집을 안 사놔서 후회, 그때 주식을 안 해서 후회."

얼굴이 화끈거렸다. 아이에게 내가 그런 모습으로 비쳤구나. 한때는 내면에 담은 순결한 가치를 갈고 닦던 내가 왜 이리 속물적인 모습으로 변했는지 돌아보았다. 내면을 채우지 않으니 순식간에 그 빈 자리를 물질에 대한 탐욕과 남들에게 근사하게 보이고 싶은 허영이 차지해 버린 것이다.

마음을 가다듬었다. 도서관으로 발길을 돌려 인문고전을

부지런히 찾아읽고 삶의 한가운데를 관통하는 예리한 문장은 필사를 했다. 진부하지만 건강한 몸에 건강한 정신이 깃든다고, 수영과 요가로 몸을 긴장시키고 기도와 명상을 통해 마음은 이완시켰다. 남들에게 보이기 위해 사는 삶이 아닌 나에게 집중하는 삶을 살자고 매 순간 다짐하면서. 보이기 위한 옷치레, 겉치레에 치중하고 남들의 인사치레에 연연하면 결국은 남들의 노예로 사는 것과 다를 바 없다. 이렇게 마음을 다잡다 보면 언젠가는 옷치레, 겉치레, 인사치레에 초연한 사람이 될 수 있을 거라 믿는다. 어린 시절 옷차림 때문에 조금 서글펐던 기억 따위는 훌훌 털어버리고 말이다.

그래도 내 인생 최고의 육아서는
우리 엄마

　이상한 노릇이었다. 남들은 아이를 키우면서 엄마를 이해하고 부모님 생각에 목이 멘다고 했다. 돌잔치에서 인사말을 하던 아기 엄마가 부모님 이야기를 하다가, '부모님이 얼마나 저희를 힘들게 키우셨을지 알게 되었다'고 눈시울을 적시는 경우도 종종 보곤 했다.

　하지만 어찌 된 일인지 난 큰애 돌잔치 때에도 객지에서 혼자 몸부림치며 키운 나의 공에 스스로 도취되어 부모님 생각은 크게 하지 않았다. 결혼과 동시에 아는 사람 한명 없는 곳으로 이사 와서 출산하고, 맨날 늦게 퇴근하는 신랑을 기다리며 잠도 못 자고 아기를 돌봤던 기억이 떠올라 눈시울이 뜨거워졌을 뿐이다. 그렇다고 내가 유독 이기적인 사람이라거나 기본적인 사회성이 결여된 사람은 아니었다. 원래도 엄마와 살갑게 지내는 사이는 아니었지만 엄마를 원망하는 마음까지 갖게 된 것은 아마 '육아서 10권 완전 독파'라는 나의 원대한 계획을 실행하면서부터였던 것 같다.

아이를 키우다 보면 육아 지침서를 찾게 된다. 덜컥 부모는 되었는데 아무도 가르쳐 주는 사람이 없기 때문이다. 신생아 때야 기저귀 갈고 얼러서 재우는 일이 다인 줄 알았지만 조금 더 크면 아이가 공공장소에서 떼 부릴 때, 물건을 던질 때, 걸핏하면 울기부터 할 때…. 이유를 모르고 대안도 찾지 못해 답답할 때가 한두 번이 아니다.

그래서 육아서를 한 권, 두 권 읽기 시작했다. 시중에는 제목도 다양한 육아서가 많이도 나와 있었다. '소리치지 않고 때리지 않고 아이를 변화시킨다.' '화내는 부모가 아이를 망친다.' '어릴 때 형성된 자존감이 평생 행복을 결정한다' 등등 다양한 테마로 온갖 연구결과와 사례를 나열한 육아서의 매력에 빠져들기 시작했다. 그곳에는 내가 모르는 세상이 펼쳐지고 있었다. 그저 막연히 알고 있던 '부모'의 존재가 아이에게는 얼마나 절대적인지 절감했다. 말 한 마디, 손짓 하나, 어느 것 하나 소홀히 할 게 없었다. 지금 내가 하는 말과 행동이 그대로 아이의 성격을 형성하고 결국은 운명까지 결정지을 수 있다는 생각에 그간 했던 잘못된 행동들을 후회하기도 했다.

육아서의 매력에 한창 빠지면서 자꾸만 나의 '엄마'가 원망스럽게 느껴지기 시작했다. 육아서에서 이렇게 하면 아이에게 무척 해롭고, 저렇게 하면 아이의 인성에 균열이 가고, 요렇게 하면 아이를 불행하게 만든다고 낱낱이 밝혀줄 때마다 자꾸만 엄마의 모습이 오버랩되었다. 특히 몇 살 이전에 형성된 성격이 평생 행복을 결정짓는다거나, 부모에게서 사랑받은 사람이 자기 자식 또한 잘 키울 수 있다는 대목에서는 뜻모를 좌절감과 분노까지 느꼈다. 심지어 내 아이가 클수록 새삼스레 엄마의 지난 일을 두고, 용납이 안 되는 부분까지 생겼다. 이렇게 예쁜 자식들을 키우면서 왜 그렇게 어두운 얼굴로 화만 내셨을까. 왜 이렇게 육아서에서 절대 금기시하는 항목들을 많이도 이행하셨을까.

이런 불만이 잠재되어 있던 차에 엄마가 집에 오셔서 내 자식들한테 간섭하시면 참기가 어려웠다. 엄마는 잘 모르면서 그런다고 나도 모르게 소리를 높이게 되고, 엄마는 엄마대로 서운함을 느껴서 화를 내시는 일들이 반복되었다. 그런 일들이 자꾸 반복되면서 엄마와 관계가 점점 더 소원해졌다. 한달에 한두 번이던 친정 나들이 횟수가 차츰 줄더니 명절이나 특

229 ⭘

별한 일이 없으면 안 갈 정도로 발걸음이 뜸해졌다.

그러던 차에 전업주부던 내가 갑자기 일을 하게 되었다. 한시적인 일이긴 했지만 오랜만에 다시 일을 하게 되었다는 설렘에 가슴이 뛰었다. 그런데 문제는 아이들이었다. 아직 어린 아이 둘을 어떻게 할 것인지 걱정이 밀려들었다. 동네가 조금 외져서 아이들을 봐주실 분을 구하기도 어렵고 남편 또한 퇴근시간이 늦어서 내 자리를 대신할 수도 없었다. 연고지가 아닌 터라 딱히 부탁할 만한 사람도 찾기 힘들었다. 당장 내일모레 출근해야 하는 상황. 발을 동동 구르다가 갑자기 부탁하기가 조금 멋쩍었지만 엄마에게 전화를 했다.

"엄마, 저기…. 내가 갑자기 일을 하게 되었는데 당분간만 애들 좀 봐주시면 안 될까요?"

평소에 전화 한 통 안 하던 딸이 불쑥 전화해서 애들을 봐달라고 하니 괘씸하게 생각하시지 않을까 은근히 걱정도 되었다. 그런데 엄마는 너무나 선선히 말씀하셨다.

"그래. 내일 모레부터라고? 내일 내려갈게."

가슴을 쓸어내렸다. 출근도 못하고 몇 년만에 하게 된 일을 포기해야 하나 절박한 상황이었는데 든든한 버팀목이 생긴 것이다. 아이들도 엄마의 빈자리를 할머니가 대신 해준다고 설명하니 마음을 놓는 눈치였다.

그렇게 갑자기 오신 엄마. 오시자마자 장롱 속에 쌓인 이불부터 꺼내서 햇볕에 말리시고 홑청을 벗겨서 세탁하시기 시작했다. 제발 가만히 쉬시라고 말씀드렸지만 소용없었다. 집 안의 묵은 때를 하나하나 벗겨내시고 다음날에는 출근하는 딸을 위해 새벽부터 일어나 생태찌개를 끓여주셨다. 첫 출근이라 긴장한 탓에 몇 숟가락 뜨지도 않고, 아침 메뉴로 생선찌개가 뭐냐고 투덜거리며 일어나려는데 엄마의 불호령이 떨어졌다.

"너 좋아하는 거라서 힘들게 끓여놨는데 그거 먹고 가냐? 얼른 앉아서 더 먹어라!"

엄마가 화내시는 모습을 보니, 기억 저편의 일이 떠올랐다. 고등학교 때 새벽밥을 참 먹기 싫어했던 나. 그리고 밥을 다 먹고 가라고 화내시던 엄마. 아침마다 반복되는 실랑이였다. 하지만 20년을 훌쩍 뛰어넘어 두 아이의 '엄마'가 되어, '엄마'에게 얻어먹게 된 새벽밥은 싫지 않았다. 그 불호령도 듣기 싫지 않았다.

'아이들은 걱정하지 말라'는 엄마의 말을 뒤로 하고 발걸음도 가볍게 나선 출근길. 하지만 공백기가 길었던 만큼 직장에서 부딪히는 낯선 상황들이 너무나 힘들게 느껴졌다. 하루를 정신없이 보내고 집에 가려는데 큰애가 전화를 했다.

"엄마, 할머니가 넘어졌어. 지금 누워있는데…. 쿵 소리가 엄청 크게 났어. 일어나지를 못하셔."

수화기를 든 손이 떨렸다. 이제 엄마도 연세가 있으시다. 더구나 몇 년 전에는 허리가 많이 불편하셔서 치료도 받으셨다. 그런데 일어나지 못할 정도로 넘어지셨다니. 막히는 찻길 안에서 얼마나 애가 탔는지 모른다.

그동안 엄마를 원망했던 일, 옛날 일을 두고 엄마와 설전을 벌이던 일…. 입술을 깨물었다. 아이 넷을 키우시며 얼마나 힘드셨을지 충분히 헤아려 보았던가. 오늘 하루 난, 겨우 첫 출근을 했는데 두 다리에 힘이 다 풀릴 정도로 피곤했다. 엄마가 전적으로 도와 주셨음에도 불구하고 말이다. 엄마는……, 엄마는 어떠했던가. 딱히 도와주시는 친척 분도 없이 아이 넷을 키우며 직장도 다니셨다. 전쟁 같은 하루하루를 보내면서 엄마의 지난 세월은 얼마나 힘들었을지 왜 찬찬히 생각해 보지 않았을까. 엄마 역시 나와 마찬가지로 가르쳐 주는 사람도, 도와주는 사람도 하나 없이 아이들을 키우며 때론 후회하고 마음 아파하지 않으셨을까.

지금은 육아서라도 대중화되어 있고 다양한 부모교육 프로그램이 있지만 그 옛날에는 답답한 마음을 풀어줄 해법을 찾기 어려웠을 것이다. 이제 엄마는 많이 늙으셔서 누가 봐도 할머니 같은 모습이셨다. 늙고 힘없어진 엄마를 두고 지난 세월을 원망하고 탓하고 있었던 나. 차에서 내리자마자 집으로 한달음에 뛰어가니 엄마가 누워 계셨다. 떨리는 목소리로 물었다.

"엄마, 괜찮아?"

엄마는 눈을 가늘게 뜨시고 고개를 끄덕이셨다. 그리고 모기만한 목소리로 말씀하셨다.

"괜찮아. 그런데 정말 심하게 넘어지긴 했나봐. 밤새 안녕이라더니…. 조금만 더 심하게 넘어졌으면…."

희미하게 웃으시는 엄마를 보니 왈칵 눈물이 날 것 같았다. 남편이 와서 병원에 가자고 했지만 끝내 마다하시고 한의원이나 가보겠다고 하셨다. 맘 같아서는 그 길로 집으로 가시라고 말씀드리고 싶었지만 이기적인 딸은 선뜻 그 말도 안 나왔다. 엄마는 밤새 끙끙거리시더니 이튿날은 또 거뜬히 일어나셔서 딸의 새벽밥을 지으셨다. 정말 여자는 약해도 어머니는 강하다는 진부한 명제를 실감했다. 그리고 또 밤에 앓으셨지만….

어떤 유명한 아동심리학자가 했던 말이 생각난다. 베스트셀러가 된 육아서도 쓰신 분인데 솔직히 자신도 집에서는 아이들에게 책대로 못한다고 했다. 육아서 문장 하나하나를 날카롭게 엄마에게 들이댄 나는 과연 두 아이들에게 얼마나 좋은 엄마 노릇을 하고 있었을까. 남편은 내가 아이들을 대하는 모습에서 우리 엄마가 많이 보인다고 한다. 솔직히 그 말은 결코 달갑지 않았었다. '엄마처럼은 안 키울 거야'라는 게 지상 과제였던 나에게, 양육태도가 엄마와 닮았다는 말은 반가울 수 없었다. 하지만 돌이켜보니 방법은 달랐을지언정 자식에 대해 열정적이고 헌신적인 태도는 결국 우리 엄마에게서 배운 것이란 생각이 든다. 자식 잘 키우고자 육아서를 밑줄 그으며 읽고 또 읽은 나, 새벽부터 생선 비린내를 마다하지 않으시고 딸이 좋아하는 메뉴를 준비해주시는 엄마.

자식을 낳고 키우지 않았다면, 엄마에 대한 편견들을 고스란히 지닌 채 살았을지 모르겠다. 하지만 이제 육아서 독파에 열을 올리고 있는 초보 엄마들을 만나면 어깨를 다독이며 말해줄 수 있을 것 같다. 육아서 문장 하나하나를 외우지 않아도, 당신의 아들딸도 삶의 어떤 순간에 이르면 엄마를 이해하고, 엄마와 함께 했던 어린 시절을 그리워하게 될 거라고. 그래도 내 인생 최고의 육아서는 바로 우리 엄마였노라 고백할 거라고.

정 붙일 곳이 없다고요?

아이가 어릴 때는 엄마들이 자연스럽게 모일 자리가 참 많았다. 아이 유치원 데려다 주면서 만나고, 놀이터에서 아이 놀리느라 보게 되고, 문화센터에 아이가 뭐 배우면 그거 쫓아다니느라 또 마주치게 되고….

아이들은 참새가 방앗간 지나치는 법 없듯이 놀이터를 그냥 지나가는 법이 없었다. 늘 "잠깐만 놀겠다"며 놀이터에 들르면 어쩔 수 없이 벤치에 앉아 아이들을 기다려야 했다. 장바구니를 발끝에 내려놓고 기다리다 보면 나와 똑같이 장바구니를 세워놓고 아이를 바라보고 있는 또 다른 엄마를 보게 된다. 아이들이 엄마에게 왔는데 상대편 아이가 우리 아이랑 연령이 비슷하면 대화가 시작된다.

"몇 살이에요?"
"여섯 살이에요."
"아, 우리 애도 여섯 살인데!"
"그래요? 커 보이는데 동갑이네요."
"키만 컸지 아직 아기예요."
"어머, 저희 애도 그래요."

이런 저런 이야기를 나누다 보면 금세 친해진다. 아이에게 서로 간식이라도 건네고 하면서 사는 곳을 확인하고 가까이 산다는 걸 알게 되면 상대방 집에 놀러가기도 한다. 그렇게 한두 명하고 친해지다 점점 인원이 많아지면 모임이 된다. 아이 유치원이라도 같은 데 보내게 되면 유대관계는 더욱 끈끈해진다.

모임의 결속력이 공고해지면 이제 이집 저집 다니며 놀러 다니는 걸로 만족 못하고 같이 여행도 간다. 국내파도 있고 해외파도 있다. 근교에 가까운 휴양림이라도 놀러가기 시작하다 그걸로 성에 안 차면 바다 건너 여행도 실천에 옮긴다. 내가 아는 엄마는 아빠 없이 네 집의 엄마들과 아이들이 방학 때 한 달간 미국에서 지내기도 했다.

이렇게 가족 이상으로 가까운 사이로 지내던 엄마들 사이에 조금씩 균열이 생기기 시작하는 것은 아이가 크기 시작하면서이다. 올망졸망 놀이터에서 같이 놀던 아이들. 다 같은 아이들인데 학교에 가서 줄 세우기를 당하면서부터는 같은 아이가 아니게 된다.

누구 집 아이는 무슨 표창장을 타오고 누구 집 아이는 반장이 되었다는 수준의 이야기가 오가는 게 시작이다. 내 아이가 타오지 못한 상장이나 내 아이가 되지 못한 임원 자리에 은근히 시샘도 나고 속도 상하면서 더 이상 엄마들 모임이 편안하게만 느껴지지 않는다. 이런 경향은 아이가 초등 고학년이 되고 중학생이 되면서 더 심해진다. 저학년 때는 크게 차이가 나지 않던 아이들의 성적이 학년이 올라가면서 간격이 벌어지고 '공부 잘하는 아이'와 '공부 못하는 아이'가 뚜렷하게 나뉘면서 서로 편하게 만나던 엄마들 사이가 조금씩 멀어진다.

학년이 바뀌면 으레 엄마들 단체 카톡방이 개설되고 서로 인사하기 바쁜데 아이가 초등 고학년쯤 되면 이런 인사도 별로 하지 않는다. 심지어 중학생이 되면 대표 엄마가 카톡방을 개설하고 '안녕하세요' 인사를 건넸지만 아무도 대꾸하지 않는 일도 있다고. 내 아이가 공부를 잘하면 모를까, 공부 잘하는 아이는 극히 일부고 대부분은 평범하거나 못하는 아이인데 다른 엄마 만나서 굳이 비교당하고 스트레스 받고 싶지 않은 것이다.

사정이 이렇다 보니 엄마들은 아이가 크면서 점점 어디에도 소속감을 느끼기 힘들다. 엄마들 모임에서 미약하나마 소속감을 느꼈는데 차츰 모임이 해체되면서 정 붙일 곳을 찾기 어렵게 된다. 내가 아는 엄마는 종종 하소연한다.

"아유, 누구를 만나기가 무서워. 00 엄마를 만나면 기승전 자식 자랑이야. 중간고사를 몇 점을 받았네, 학원에서 1등을 했네, 공부 잘 한다고 계속 자랑이야. 아이 또래 엄마를 만나니까 비교되고 그래서 나보다 나이 좀 많은 엄마들을 만났는데 이번엔 또 돈 자랑, 신랑 자랑이야. 신랑이 회사에서 직급이 얼마나 높네, 상여금을 얼마를 받아왔네, 요번에 투자를 해서 얼마를 벌었네, 자랑질이야. 자식 자랑, 돈 자랑만 해대는 사람들뿐이니 당최 만날 사람이 없어, 만날 사람이."

나이는 자꾸 드는데 딱히 이루어놓은 건 없는 것 같고, 그렇지 않아도 초조한데 상대적인 박탈감만 느끼게 하는 상대

를 굳이 시간 내고 돈 들여 만나고 싶지 않은 것이다. 이 사람
은 이래서, 저 사람은 저래서 안 만나다 보면 인간 관계가 하
나 둘씩 끊어지고 만날 사람이 없어진다. 정 붙일 데가 없어
진다.

마음 둘 곳이 없다 보면 표면적인 성취를 더욱 갈구하게 된
다. 사람간의 따뜻한 정으로 채울 자리가 돈이나 명예, 자식
의 대학 간판에 대한 욕심 등으로 꽉 찬다. 욕심을 채울 만큼
일이 잘 되면 괜찮은데 문제는 사람 사는 게 욕심대로 안 되
기 일쑤라는 거다.

남편이 명문대 의대를 나온 한 엄마가 있었다. 남편이 개원
의는 아니지만 월급 받는 의사로 안정적인 직업을 갖고 있고
본인도 명문대를 나온 재원이었다. 멀리서 봐도 눈에 띌 만한
미모의 소유자라서 같은 여자로서 부럽기도 했다. 하지만 눈
빛이 늘 불안하고 짜증스러웠다. 조금씩 친해지면서 그 엄마
의 속내를 듣게 되었다.

"내가 그래도 학교 다닐 때는 우리 과에서 부러움을 받는
사람이었어요. 예쁘고 똑똑하다고…. 지금의 남편을 만나 결
혼할 때만 해도 명문대 의대를 나온 신랑을 두게 되었다고 다
들 부러워했죠. 그런데 남편은 돈 버는 데는 도통 관심이 없

는 사람이었어요. 개원해서 신경 쓰고 고생하기 싫다고 이날 이때까지 월급쟁이 의사만 고집하고 있어요.

남편 동창들이 어떻게 사는지 알아요? 나는 남편 동창들 부부 모임이 제일 싫어요. 우리가 제일 못 살아요. 거기 여자들은 나올 때마다 차가 바뀌고 사는 곳도 우리랑은 급이 틀려요. 그래도 학교 다닐 때는 소위 내가 잘 나가는 여자였는데 지금 내 처지는 그냥 월급쟁이 의사 마누라예요. 남들은 성큼성큼 앞서가는데 나는 계속 뒤처지는 기분이 든다고요.

아이라도 공부를 잘 하면 모르는데 아이는 또 모범생하고는 완전히 거리가 멀어요. 남편도 명문대 의대를 나오고 시아버지도 명문대를 나오셔서 우리 아들도 당연히 그 대학을 갈 거라고 생각하시는데 현재 아이의 성적으로는 턱없는 상황이니 내 속이 오죽 답답하겠어요?"

그 엄마는 날이 갈수록 쇠꼬챙이처럼 말라가고 말투는 더욱 신경질적이 되었다. 사람도 편안하게 만나지 못하는 것 같았다. 그래도 평범한 사람들이 보기에는 부러워할 만한 것들을 많이 가진 것 같은데 말이다.

우연히 서울의 '하늘공원'이란 곳에 대한 글을 읽었다. 쓰레기 매립장이었던 난지도를 흙으로 덮고 단장하니 어디선가 날아온 씨앗들이 싹을 틔워 지금은 푸릇푸릇한 공원이 되었다. 침출수가 흘러나오고 악취가 진동하던 매립장. 그 매립장을 흙으로 덮어 쓰레기 산을 만들었더니 이름 모를 싹을 틔운 풀이 80종이 넘었다고 한다. 그 질긴 잡초의 생명력으로 난지도는 아름다운 공원이 된 것이다.

하늘공원에는 강아지풀, 붉은 토끼풀, 박주가리, 서양 민들레, 달맞이꽃 등 이름도 다양한 식물들이 자리 잡고 있다. 저절로 자란 것과 심은 것을 합쳐서 500종이 가깝다고 하니 그 광경이 사진으로 봐도 실로 아름다웠다. 모두 똑같은 풀이었다면 결코 연출하지 못했을 아름다움이었다.

사람 사는 것도 그렇다. 모두가 똑같은 모습이라면 얼마나 밋밋하고 재미없을까. 얼마나 지루하고 단조로울까. 그런데 우리는 돈 많고 지위 높고 자식 대학 잘 가는, 똑같은 행복만을 추구한다. 상대방이 감자 샐러드를 얼마나 부드럽게 잘 만드는지, 기형도의 시집을 얼마나 낭랑한 목소리로 읽는지, 아침마다 뱅갈 고무나무의 이파리를 얼마나 윤기 나게 닦아주는지, 그런 것에는 관심이 없다. 자기 자신에 대해서도, 상대방에 대해서도 그저 얼마나 많은 재화를 살 수 있는지, 자식 공부를 얼만큼 잘 시켰는지만 따진다. 그리고 점점 외로워진다.

어떻게 보면 중년의 나이로 접어들면서 사회적인 관계에 변화가 오고 혼자 있는 시간이 늘어나는 것은 자연스러운 변화일 수 있다. 하지만 그것이 서로에 대한 곁눈질과 비교에서 비롯된 결과라면 달가운 일은 아니다. 되도록 비교하는 마음을 멈추고 상대방을 좀더 여유를 갖고 바라볼 필요가 있다. 그러면 인간 관계가 점점 좁아지는 일을 완전히 피하지는 못해도 늦출 수는 있을 것이다.

하지만 내가 여유를 갖고 대해도 상대방이 협조해 주지 않으면 돈독한 관계가 유지되기 어려울 때도 있다. 그럴 때는 나한테 정을 붙여 보자. 나한테 정 붙이는 방법은 사람마다 다양해 보인다. 어떤 사람은 열심히 영어 회화니, 컴퓨터니, 캘리그라피니 취미 생활에 몰두하고 어떤 사람은 종교 단체의 봉사활동에 열심이다. 뒤늦게 파트 타임의 일이라도 찾아서 하는 사람도 있다. 큰 수입을 기대하고 한다기보다 생활에 활력을 주기 위해서.

갑자기 주어진 혼자만의 시간에 처음에는 조금 당황할 수도 있지만 곰곰이 생각해 보면 축복이지 않을까. 아이 어릴 때는 화장실에서도 혼자 조용한 시간을 갖기 어려웠다. 믹스 커피 한잔을 천천히 마시기 힘들었다. 그때에 비하면 일찌감치 학교에 갔다가 저녁 늦게나 돌아오는 아이들이 나에게 주는 자유시간은 나한테 정붙일 시간으로 쓰기에 충분하다.

모임이 차츰 와해되고 마음 맞던 사람들이 하나 둘 사라진다고 해서 너무 서운해 할 것도 없다. 어차피 언젠가는 헤어질 사람들, 없어질 모임이었다. 그간 나에게 위안과 즐거움을 주었다는 사실만으로 그 가치를 다했다고 생각한다. 새로운 가치는 내가 만들어야 한다. 그건 정형화된 틀에 맞춰, 돈과 명예에 집착해서 만들기보다는 난지도의 이름 모를 꽃들처럼 나만의 자생력을 갖춰서 키워가야 한다.

4부

그렇게 엄마가 된다
오늘을 산다

사춘기 아이가 갱년기 엄마를 키운다

　인스타그램을 시작했다. 사진을 올리고 간단한 글을 써서 다른 사람들과 소통하는 거다. 남들 인스타그램을 보니 참 화려한 사진이 많았다. 젊음, 미모, 휴양지, 수입차, 전문직 등 사람들이 선망하고 동경하는 온갖 조합들이 다 있었다. 젊고 아름다운 전문직 여성이 근사한 여행지에서 역시 같은 부류의 사람들과 어울리는 생활을 소개해 놓는 식이었다. 그런 인스타그램에는 팔로워도 많고 '좋아요'도 수백 개였다.

　남들 인스타그램을 보다가 내 걸 보니 초라해 보였다. 특별할 거 없는 살림하는 이야기, 책 읽고 영화 본 이야기, 아이들 키우는 이야기 뭐 그런 거였다. 곧 있으면 갱년기를 맞는 아줌마다 보니 젊음이 반짝이는 인스타그램에 발붙일 자리가 없어 보였다. 다른 사람들이 딱히 선망할 게 없어서인지 팔로워도 늘지 않았다. 시무룩해 있는 나를 보더니 큰아이가 내가 올린 모든 게시물에 열심히 '좋아요'를 눌러주었다.

아이의 '좋아요'를 보다 보니 왠지 웃음이 나면서도 나를 생각해주는 아이 마음이 느껴졌다. 그러고 보니 오래 전에 내가 아팠을 때 아이가 했던 말도 생각났다.

큰아이가 4학년 때쯤 되었을까. 몸살기가 있어 아이들 밥만 간신히 차려주고 누워 있었다. 끙끙 앓으면서 은근히 알 수 없는 부아가 치밀었다. 아무리 아파도 아이 밥은 차려줘야 하고 아이들은 돌봐야 하는 주부의 처지가 서글프다 못해 화가 났다.

"엄마, 저녁 안 먹어?"

"엄마는 됐어. 몸도 안 좋고"

"그래도 저녁은 먹어야지."

"됐다니까! 너희나 먹어!"

아이한테 공연히 신경질을 내고 뒤돌아 누웠다.

"엄마."

"…."

"엄마, 내가 엄마랑 11년을 살아보니까 알겠는데 엄마는 아프면 화를 내더라고. 화내지 말고 저녁 먹어. 안 먹으면 더 아플 거야."

조용히 방문을 닫고 나가는 아이의 발걸음 소리를 들으니 미안한 마음이 파도처럼 밀려들었다. 영문도 모른 채 엄마의 신경질을 받아줘야 했던 아이가 오히려 엄마 걱정을 해주고 있었다.

지금 남들의 화려한 인스타그램을 보고 우울해 하는 나를 보고 걱정해 주는 것처럼. 엄마답지 않게 왜 그런 거에 마음 쓰냐고 물으면서도 엄마 기분을 풀어주고 싶어서 올린 게시물마다 또 댓글도 달아준다. 아이의 따뜻한 마음 씀씀이에 울적해진 기분이 한결 나아진다.

오래 전 모래놀이 상담을 받았을 때 상담사가 했던 말이 떠오른다. 아이 덕분에 엄마가 자신의 삶을 통찰해 보고 해결되지 않은 과제를 풀 수 있는 기회가 주어진 거라고. 그때는 그 말이 잘 이해되지 않았다. 편하게 아이 키우면 좋은 거지, 왜 굳이 이렇게 힘들게 키우면서 마음이 부대껴야 하는 건지 억울한 마음도 들었다.

그런데 세월이 가면서 그 말을 실감하게 된다. 사실 아이를 낳고 키우기 전에는 내 자신에 대해 충분히 되돌아볼 기회가 적었던 것 같다. 아이를 키우면서 내 바닥도 보고 반성도 한다. 한때는 고매한 이상을 좇는 사회 운동가의 삶을 살겠노라 다짐하던 내가 아이 성적에 연연하고 남의 자식 공부 잘 하는 거를 시샘하는 원초적인 아줌마일 줄이야. 자식 덕분에 성숙한 인간이 되려면 아직 멀었구나 깨닫는다.

사춘기 딸이 겪는 고민과 어려움을 같이 아파하고 함께 생각하다 보면 나 또한 사춘기 때 겪었던 갈등이 다 풀리지 않았음을 깨닫기도 한다. 사춘기 때 나의 최대 고민은 '나는 왜 인기인이 아닐까'였다. 반에서 보면 공부도 잘 하고 성격도 좋고 외모도 출중한 아이들이 꼭 한두 명은 있었다. 그런 아이들 주위에는 언제나 많은 아이들이 진을 치고 있었다. 주목 받는 아이가 한 마디 하면 모두가 와자하게 웃으며 장단을 맞춰 줬다.

인기인이 되고 싶었다. 나도 그렇게 주목 받고 한 마디만 해도 모두가 반응을 보이는 존재이고 싶었다. 하지만 아무도 내 존재를 특별히 알아주지 않는 것 같아 서글펐다. 내가 뭔가 뛰어나게 잘해서 모두가 나를 우러러보기를 바랐다. 또래 집단이 중요한 나이라고는 하지만 유난히 친구에게 많은 기대를 걸었다.

돌이켜보면 응당 받아야 할 부모의 정서적 지지를 친구들에게 바랐던 것 같다. 하지만 친구는 결코 부모일 수는 없는 법. 나의 '친구바라기'는 오히려 상대방에게 부담을 주었고 이 때문에 나의 바람과는 달리 친구와 가까워지기는커녕 자꾸 삐걱거리고 멀어지게 되었다.

내 아이 또한 비슷한 고민을 하고 있다.

"엄마, 나는 딱히 잘 하는 게 없는 것 같아. 공부를 그다지 잘 하는 것도 아니고 얼굴이 예쁜 것도 아니고 키가 큰 것도 아니고 웃긴 말을 잘 하는 것도 아니고 친구도 별로 없고⋯."

사춘기 때 내가 했던 고민을 엇비슷하게 하고 있는 아이를 보니 그 시절 암담했던 기억이 떠오른다. 그때 누군가 내게 '네가 겪는 슬픔, 외로움, 서글픔 그 모든 고통이 너를 성장시킬 거야'라고 위로해 줬더라면 훨씬 더 잘 극복했을지도 모르겠다. 이런 생각에 아이의 어깨를 두드리며 '이 시간이 지나고 보면 너를 성장시킨 소중한 시간이었다고 회상하게 될 거야' 위로해 준다.

나의 부모님에게는 받아보지 못했던 위로다. 친구 관계 때문에 너무나 힘들었을 때도 부모님에게는 고민을 단 한 마디도 말한 적이 없다. 어차피 위로 받지 못하고 오히려 비난 받을 거라는 생각 때문이었다.

내가 받지 못해서 너무나 아쉬웠던 위로를 아이에게 해줘서 다행이라는 생각이 든다. 그리고 그걸 할 수 있도록 기회를 준 아이에게 고맙다. 나에게 고민을 솔직하게 털어놔 주기에 가능한 일이니까.

지금도 나는 남들의 인정과 주목에 목말라 하고 있나 보다. 팔로워가 엄청나게 많은 인스타그램을 보며 부러워하는 걸 보면. 사춘기 때 반에서 인기인이 아닌 걸 슬퍼하던 소녀가 마음 한 구석에 아직도 그대로 자리 잡고 있다. 하지만 그때와 달리 나를 위로해주느라 바쁜 내 아이가 곁에 있다. 자기도 답답한 고민에 둘러싸여 있으면서 엄마의 울적함에 마음 쓰는 따뜻한 아이가.

얼마 전 성당에 갔는데 앞자리에 고등학생쯤 되는 아들과 엄마가 앉아 있었다. 아들은 고개를 숙이고 있었는데 엄마는 참 따뜻한 눈빛으로 아들을 바라보며 옷 매무새도 다듬어주고 뭐라고 속삭이며 말도 걸고 그랬다. 사이가 각별한 모자지간이구나 생각했는데 미사 중에 아들이 갑자기 벌떡 일어나서 뒤로 걸어갔다. 뒤에 가더니 갑자기 앉았다 일어섰다를 반복하며 쉴 새 없이 중얼거렸다.

엄마는 조금 당황한 눈빛이었지만 미소는 잃지 않고 있었다. 이상 행동을 하는 아들을 바라보는 눈빛은 여전히 자애로웠다. 차분하게 아들에게 가서 뭐라고 속삭이면서 손을 잡고 다시 자리로 와서 앉았다. 누가 봐도 아들의 행동은 정상적이지 않았다. 엄마는 아들의 손을 꼭 잡고 다시 기도를 올렸다.

저 엄마도 인스타그램을 할까? 뜬금없는 생각이 들었다. 온통 남들에게 보여주는 쇼를 하는 SNS 세상에서 저 엄마가 낄 자리가 있을까? 장애가 있는 아이를 키우는 이야기는 인스타그램에서 못 봤다. 간혹 장애아들을 교육하는 기관이나 센터에서 올리는 게시물은 봤어도 말이다.

인스타그램에 방 하나 마련하지 못하지만 저 엄마가 거기에 연연할 것 같지는 않다. 장애가 있는 아들을 저토록 애정이 가득한 눈빛으로 보는 사람이 남의 시선이나 인정에 목말라 하지는 않을 거라는 생각이다. 속물적 가치만 가득한 세상에서는 그 엄마는 장애 아들을 키우는 슬픈 처지일 것이다.

하지만 그 기쁨이 충만한 표정은 거짓이 아니었다. 아들이 눈앞에 있다는 사실만으로 마음이 꽉 차오른 엄마의 마음이 그대로 전해졌다. 남들이야 뭐라고 하건 말건 자신의 삶에 감사하고 기쁘게 살아가는 자세가 그 짧은 순간에 오롯이 드러

났다.

다시 생각해 본다. 그 많은 팔로워에 둘러싸여 있다고 해서 꼭 행복할까? '좋아요'가 수시로 뜨는 인스타그램을 한다고 해서 성공한 인생일까? 그 사람에 대해 잘 알지도 못하는데 그저 겉으로 보이는 화려한 모습을 보고 '좋아요'를 눌러주는 사람들이 무슨 의미가 있는 걸까? 사춘기 시절로 돌아가서 생각해봐도 마찬가지다. 반에서 인기 많은 친구였던들, 그 친구랑 지금까지 연락이 되는 것도 아니고 그저 짧은 1년을 스쳐간 인연이었다. 내 삶에 어떤 영향도 주지 못했다.

허황된 인기를 동경하다 정작 내 주변 가까이 있는 소중한 사람들을 돌아보지 못하고 있는 건 아닌지. 오래 전 나는 부모님한테 받았어야 할 위로를 별로 받지 못했지만 지금 나의 가족들은 다르다. 조금 무뚝뚝한 듯해도 아내 기분을 수시로 묻고 살펴주는 남편과 엄마가 '환한 표정이냐, 근심 섞인 표정이냐'에 따라 일희일비하는 아이들이 있다. 엄마를 오히려 챙겨주고 위로해주는 아이들이 있다. 내가 알지도 못하는 온라인 세상 속 사람들의 인정을 갈구하는 것이 어리석게 느껴진다.

오늘도 갱년기 엄마는 사춘기 딸의 위로 속에 성장한다.

어느 날 풋사랑을 돌아보니

한참 유명했던『건축학 개론』이란 영화가 있다. 오랜만에 애들 재우고 남편과 DVD로『건축학 개론』을 보았다. 보다 보니 왠지 공대생들의 첫사랑에 대한 로망과 판타지로 가득한 영화 같았다. '교양 수업 시간에 짝사랑했던 음대 여자애가 있었는데 알고 보니 그애도 날 좋아했다더라'와 같은.

영화에서 내내 강조한 '우리는 모두 누군가에게 첫사랑이었다.' 공감이 갔다. 첫사랑까지는 아니어도 누군가에게 풋사랑의 대상이긴 할 거다.

대학 입학 전 2월 즈음인가. 고교 졸업식을 마치자마자

YMCA에서 하는 무슨 예비 대학생 캠프에 참여했었다. 여중, 여고를 나온 나에게 예비 대학생 캠프는 신세계였다. 초등학교 졸업 이후 만나본 적이 없던 '남자'들하고 모여서 강의도 듣고 같이 합창 연습도 하는 등 다양한 활동을 하는 게 마냥 낯설었지만 동시에 설레고 신기했다. 같이 MT도 가서 처음으로 맥주를 마셔 보기도 했다.

또래들은 어딘지 서툴고 어린 아이들처럼 느껴졌지만 선배 오빠들은 자상하고 멋있기 그지 없었다. 특히 나에게 잘 해주던, 훤칠한 키에 훈남 스타일의 '오빠'를 보며 두근거렸다. 사실 누군가를 '오빠'라고 부르는 것도 무척 어색했다. 그렇게 남녀 관계에 관한 한 숙맥인 나에게 참 친근하고 편안하게 다가온 그 '오빠' 때문에 안 보던 거울도 한번 더 보게 되고 엄마한테 입을 옷이 없다고 투덜대기도 했다.

그렇게 봄이 오고, 벚꽃이 피었다. 나는 그 오빠가 내 이름을 불러주는 장면을 영화의 필름을 다시 돌리는 것처럼 생각하고 또 생각하며 환상을 키워갔다. 다른 아이들을 부를 때는 단조롭게 부르는데 내 이름을 부를 때는 유난히 다정한 것 같았다. 식당에 가자며 내 어깨를 살짝 두드려줬던 것도 예사롭지 않게 느껴졌다. 틀림없이 나에게 마음이 있는 거라고 생각했다.

그 오빠에 대한 마음이 무럭무럭 커질 무렵, 정말 우연히 머나먼 수유리까지 일이 있어서 갔다가 돌아오는 버스 안에서 보게 되었다. 생머리를 찰랑거리는, 어떤 예쁜 언니랑 다정하게 손잡고 인도를 걸어가는 '오빠'를.

돌아오는 버스 안에서 내가 너무나 작고 초라해졌다. 수유리에서 봉천동 가는 길이 참 멀기도 멀었다. 저녁 어스름해지는 하늘이 쓸쓸하게만 보였다. 간신히 집에 도착해 엘리베이터를 탔는데 거울 속에 너무 못나 보이는 여자애가 있었다. 생머리에 긴 멜빵 치마를 입은 그 언니는 참으로 청순하고 아름다워 보였다. 그 언니에 비하니, 난 슈렉이었다.

풋사랑의 좌절로 우중충한 표정으로 다니던 어느 날, 학보통에 나에게 온 엽서가 있었다. 그 오빠 때문에 더이상 Y 모임에 나가지 않게 되었는데 왜 안 나오냐며, 얼른 나오라고 같은 학년 남자애가 보낸 것이었다. 꽤 귀엽게 생긴 스타일에 말도 재미있게 하던 애였다. 하지만 그런 엽서에 관심이 갈 상황이 아니었다.

난생 처음 '남자 사람'을 보고 설렌 마음이 무참히 외면당했다는 생각에 한없이 우울할 무렵이었다. 엽서를 대강 읽어보고 팽개쳐 버리고 답장도 하지 않았다. 그 애가 엽서 앞면에 정성들여 그린 그림 속에 '사랑스런 은수에게'라는 문구가 숨겨져 있다는 것을 안 것은 그로부터 거의 10년이 흐른 뒤였다.

결혼을 앞두고 내 방과 책상의 온갖 짐들을 정리하다가... 언니였나?.. 누군가 '이게 뭐야? 사랑스런 은수에게?'하고 물었다. 뭐지 싶어 찬찬히 보니 오래 된 엽서였다. 내용도 다시 읽어 보니 나를 못 봐서 너무 서운하고 '조만간 모임에서 네 귀여운 얼굴을 꼭 보길 바라'라고 참 노골적으로 써 있었다.

나는 곰이었는지. 그걸 보고도 그땐 아무 느낌이 없었다.

심지어 얼마 후에 선배의 권유로 마지 못해 다시 나갔던 Y 모임에서 그 애가 엽서를 보냈는데 왜 답장을 보내지 않냐고 물었을 때 난 정말 눈 동그랗게 뜨고 '내가 왜 답장을 보내야 하는데?'하고 물었다.

진심으로 궁금해서 물어본 건데 순간 굳어지던 그 애 표정.

여튼 10년만에 그 엽서에 숨겨진 글자를 보니 그때 내가 슈렉은 아니었구나 싶다. 아물지 않은 채 그냥 묻혀져 버렸던 상처가 왠지 위로를 받는 느낌이 들었다. 지금은 이름도 기억 안 나는 그애에게 고맙기도 하기 미안하기도 하고.

이제는 20년도 더 된 옛날 이야기가 되었다. 그 애 얼굴도 잘 기억나지 않지만 엽서는 버리지 않고 갖고 있다. 세련되지 못하고 촌스럽던 젊음의 민낯을 보는 것 같다. 지나간 것은 모두 아름답다고, 젊은 시절은 기억 속에서 자꾸 아름답게 윤색되어 시간이 흐를수록 좋은 그림만 남지만 젊었을 때도 그 나름대로 아픔과 좌절이 많기 마련이다.

사랑도, 연애도, 미래도 불투명하고 무엇 하나 확실한 것이 없다. 과연 사랑하는 사람을 만날 수는 있는지, 결혼은 잘 할 수 있는지, 직장은 잡을 수 있는지 불안하고 초조하다. 매사에 서툴고 실수도 자주 해서 얼굴이 달아오를 일도 종종 겪는다.

오래 전 아마 나도, 그애도 그때는 씨앗이었을 거다. 아직 솜털 보송보송하고 울퉁불퉁 못난이지만, 축축한 땅 속에서 웅크리고 있는 존재지만, 언젠가는 흙을 뚫고 올라가 발그레한 열매를 맺을 날을 꿈꾸는.

다듬어지지 않은 젊음은 그대로 의미가 있다. 젊었을 때부터 세상 만사에 너무 노련하면 닳고 닳은 느낌이 들어 호감이 가지 않는 법이다. 세월이 흘러 중년이라는 무게를 지게 되니 젊었을 때에 비해서는 확실히 안정감을 느낀다. 적당히 체념할 줄도 알게 되었다.

남편한테 이 엽서를 보여주며 "그래도 대학 입학하자마자

이런 러브레터 비슷한 것도 받아봤다고!" 자랑을 했더니 남편
은 코웃음을 치며 좋아한다는 말도 당당하게 못 하고 그림을
그려놓았다고 비웃는다. 시쳇말로 '찌질해' 보인단다.

찌질하니까 풋사랑이고 첫사랑이다. 밀당의 고수가 된 연
애박사들은 해보고 싶어도 못 하는 것. 나이 들고 세상만사에
냉소적이 되면 하려고 노력해도 안 되는 것. 체념의 미학을
터득한 다음에는 좀처럼 시도하지 않게 되는 것. 그래서 더
소중하게 느껴지고 시작도 못 한 채 끝나버린 풋사랑의 기억
들을 사람들은 소중하게 간직하나 보다.

그리고 세상 밖으로 조금씩

　'슬픔이나 비극을 인내하고 위로해주는 기쁨, 작은 기쁨에 대한 확신을 갖는 까닭도, 진정한 기쁨은 대부분이 사람들과의 관계로부터 오는 것이라 믿기 때문이다. 그것이 만약 물物에서 오는 것이라면 작은 기쁨에 대한 믿음을 갖기가 어렵겠지만 사람과 사람과의 관계로부터 오는 것이라면 믿어도 좋다. 수많은 사람을 만날 것이기 때문이다.'

　신영복 선생님의 『감옥으로부터의 사색』 중의 한 단락이다. 사람은 아무리 혼자 도도한 척 굴어도 사람들과의 관계에서 기쁨과 보람을 느끼는 존재이다. 아이가 어릴 때는 이 기본적이고 인간적인 소망이 실현되지 않는다. 24시간 아이와 같이 움직이느라 내 생활 같은 건 없고 내 인간 관계 같은 건 밀려난다. 전업주부는 그 단절감을 고스란히 감내해야 하고 직장을 다닌다 하더라도 육아에 치여 차츰 직장 내 관계가 소원해지는 걸 감수해야 한다.

아이가 크면서 사회적인 관계에 대한 열망은 더해갔다. 분유 먹이고 기저귀 가는 일상에 눈코 뜰 새 없었을 때는 오히려 못 느꼈던 고독과 외로움이 아이가 커서 약간의 자유 시간이 주어지자 물밀 듯이 밀려들었다.

그래서 엄마들의 소모임에 나가기 시작했지만 아기 월령에 맞춰 생성된 모임이라 엄마들의 취향도, 성격도, 가치관도 다 제각각이어서 관계가 매끄럽게 유지되기 쉽지 않았다. 어떤 엄마들은 지나치게 자식 교육에 열성적이어서 부담스러웠고 어떤 엄마들은 또 너무 자식을 방치해서 맞지 않았다. 개인적인 취미나 기호, 자식 키우는 가치관이 두루 맞는 사람을 만나기는 참 어려웠다.

사람들을 만나고 어딘가에 소속되기를 원했지만 그 과정이 순탄치 않았다. 의도치 않게 누군가에게 상처를 주기도 하고 때로는 내가 상처를 받기도 했다. 사람은 고프지만 맞는 사람이나 모임이 없어서 참 힘든 시간을 보냈다. 세상과 단절되고 싶지는 않은데 나와 연결되는 끈은 어디에 있는 건지, 얽히고 설켜 있는 수많은 끈들 중에서 찾기가 쉽지 않았다.

그런데 우연히 인접한 동네의 인터넷 카페에서 독서 모임을 찾았다. 주부들의 평범한 독서 모임치고는 책을 읽는 내공이 상당한 걸 느낄 수 있었다. 모임을 하고서는 꼭 후기를 올렸고 그 후기에서 소개되는 책들은 육아서의 범위를 넘어서 인문, 사회, 과학 분야를 두루 아우르고 있었다. 가슴이 뛰었다. 모임에 들어갈 수 있는지 문의 메일을 보내고 초조한 마음으로 기다렸는데 금방 환영한다는 메일이 왔다.

그때부터 시작된 나의 독서 모임. 이곳에서 20년 전에 읽었던 김현의 『행복한 책 읽기』를 다시 읽었던 날의 설렘을 아직도 잊지 못한다. 『카라마조프의 형제들』을 읽으며 가슴이 터질 듯 감동했던 깊은 밤도, 『서양 미술사』를 읽으며 내가 알지 못했던 신세계에 눈을 뜬 순간도.

독서 모임을 시작으로 세상 밖으로 조금씩 발걸음을 옮겼다. 아이들이 더 크면서 좀더 시간이 주어졌을 때 성당에도 다니기 시작했다. 성당 모임은 그 모임만의 매력이 있었다. 이곳에서는 세속적인 가치로 사람들을 줄 세우는 일은 결코 없었다. 천만 원이 넘는 월 수입을 포기하고 성당 봉사자로 너무나 기쁘게 살아가는 사람도 있었고 누가 봐도 힘들었을 불행한 사건을 겪고도 오뚝이처럼 일어난 사람도 있었다. 처음 봤을 때는 아무 근심 걱정 없이 편하게 사는 사람인 줄 알았는데 알고 보니 산전수전 다 겪은 사람도 있었다. 그런데도 아이처럼 표정이 해맑고 얼굴에 생기가 가득했다. 종교적인 신념이 사람을 얼마나 강하게 만드는지 지켜보는 것만으로 많이 배울 수 있었다.

오프라인 모임뿐 아니라 온라인에서 맺은 인연들도 소중했다. 책을 읽고 아이들을 가르치는 수업을 하면서 비슷한 일을 하는 사람들과 온라인에서 교류하게 되었다. 그 중에는 온라인을 넘어 우연한 기회에 직접 만나게 된 사람도 있었다. 여행을 가서 만났는데 생각지도 못한 환대를 해줘서 무척 고마웠다. 우리 아이들에게 줄 책까지 준비해서 선물을 해주는 마음 씀씀이에 놀랐다. 같은 일을 하기에 비슷하게 겪는 어려움과 노고도 서로 위로하고 격려할 수 있었다. 아이들이 크면서 엄마는 이렇게 세상 밖으로 조금씩 발걸음을 옮기기 시작했다.

얼마 전에 시어머니가 입원을 하셨다. 혼자 계시는 아버님의 식사가 문제였다. 멀리 계시니 자주 들여다 볼 수도 없고 그렇다고 많은 양의 음식을 일일이 만들어서 보내드릴 수도 없어서 동네에서 유명하다는 황태국을 시식하러 갔다. 포장과 택배 배송이 된다는 말에 솔깃했다.

하지만 큰아이는 자기는 황태국이 싫다며 왜 할아버지 드실 걸 우리 가족이 다 먹어봐야 하냐며 입이 나왔다. 남편은 혼자 계시는 할아버지 걱정도 안 되냐며 괜히 아이에게 핀잔을 줬다. 게다가 내 입에는 나쁘지 않은데 남편은 몇 숟가락 떠먹더니 아무래도 아버님 입에 맞지 않을 것 같다며 난색을 보였다.

입 나온 사춘기 딸, 까다로운 시아버지, 우중충해진 점심 분위기. 이래저래 아래 위로 참 힘들다는 생각이 들었다. 중년이 다가오니 아이들은 사춘기에 접어들어 집집마다 부모랑 갈등을 겪어 난리인데 그 와중에 노부모 봉양까지 해야 하니 의무는 늘어나고 누릴 수 있는 혜택은 줄어드는 듯해서 어깨가 무거워졌다.

이럴 때는 세상 밖 나의 모임들이 위로가 된다. 가정에서 겪는 어려움을 토로하고 해결책을 찾아가는 데 조언도 받을 수 있다. 비슷한 연령의 사람들이 엇비슷한 고민들을 하고 사니까. 모임의 카톡방에다 힘들다는 하소연을 했더니 이런 저런 대안을 올려주는 사람들 덕에 알람이 계속 울린다. 자신의 일마냥 함께 고민해 주는 사람들. 빙그레 웃으며 핸드폰을 보는데 어느새 큰아이가 슬그머니 어깨 뒤에 서 있다.

"아유, 깜짝이야."

"엄마, 힘들어? 미안해."

"엄마가 쓴 거 봤어?"

"내가 아까 너무 심술부린 것 같아. 엄마가 난처했겠어."

세상 짐을 혼자 짊어진 것 같이 무거웠던 양어깨. 한쪽은 모임 사람들의 위로 덕분에, 다른 한쪽은 아이의 웃는 얼굴 덕분에 한결 가벼워진다.

세상 밖으로 옮겨가는 걸음이 불편하고 힘든 날은 그래도 내 가족, 내 집밖에 없노라 위로를 받고 가정에서 갈등을 겪을 때면 세상 밖으로 잠시 시선을 돌려서 생기를 찾는다. 아이가 어릴 때는 누리지 못했던 여유다. 젊었을 때는 체득하지 못했던 지혜다.

이런 지혜를 터득하고 보니 나이 드는 걸 무조건 서글퍼 할 필요는 없다는 생각이 든다. 가족 내 어려운 문제도 새로 생기지만 그만큼 가족 간의 정도 깊어진다. 세상 밖으로 발걸음을 옮겨 만든 알짜배기 인연들은 든든한 마음의 백 그라운드가 된다. 가정과 세상 밖 인연을 오가며 어려움을 헤쳐나갈 수 있을 거라는 자신감이 든다. 그렇게 바삐 오가며 꾹꾹 새기는 발자국이 내 삶의 문양을 더 아름답게 수놓으리라.

무언가를 소망하는 게 두렵다면

나는 스포츠 경기를 잘 못 본다. 경기를 보면서 우리 국가 대표팀이나 내가 응원하는 팀이 이겼으면 좋겠다는 소망을 갖기 시작하면 가슴이 두근거려서 지켜보기 힘들기 때문이다. 손발이 저릴 정도로 힘을 주고 식은땀이 나서 남편이 경기를 보고 있으면 슬그머니 자리를 피해 버린다. 사실 그 경기를 이기고 지는 게 내 삶의 어떤 걸 결정짓는 것도 아닌데 말이다.

하물며 내 인생과 직접 연관된 일은 어떠했겠는가. 도전하는 걸 두려워했다. 목표를 정해놓고 다른 걸 희생하면서 그 목표를 향해 달려가는 걸 주저했다. 직장에 다닐 때 미래가 불투명한 임용고시생 친구를 보면 내가 다 불안했다. 고시라는 게 될지 안 될지 알 수 없는 싸움인데 거기에 매달린다는 게 너무 모험으로 보였다. 한번은 고시생 친구에게 밥을 사주러 갔었다. 학교 다닐 때는 넓은 챙 모자에 나팔바지를 입고 다닐 정도로 한껏 멋을 부리던 친구였는데 트레이닝복 차림에 질끈 머리를 묶고 있었다. 당시 직장인이던 나는 정장 차림에 맵시 있는 옷차림을 뽐내며 친구에게 밥을 사주며 격려를 해줬다. 그런데 인생이란 참 얄궂다. 그때 교원 정년퇴직이 앞당겨지면서 사상 최대의 인원을 뽑는 행운이 고시생들에게 찾아 왔다. 시험 준비를 하던 많은 친구들이 대부분 합격의 기쁨을 누렸다. 허름한 트레이닝복 차림으로 나에게 점심을 얻어먹던 친구 또한 합격의 기쁨에 들떠 전화를 했다.

"은수야, 나 합격했어!"

"어머, 정말? 너무 너무 축하해."

"너도 직장 그만 두고 도전해 봐."

축하를 받으며 내게도 도전을 권유했다. 뿌듯함과 자랑스러움뿐 아니라 지난번 내게서 점심 얻어먹던 상황에 대한 설욕이 묻어나는 목소리였다. 친구에게 축하한다고 말하면서도 전화기를 잡지 않은 나머지 손은 연신 책상을 불안하게 두드렸다. 준공무원 신분보다 교사라는 직업의 소명이 주는 아우라가 더 크게 느껴지고 뭔가 도전해서 이룬 친구에 비해 나는 안주하고 있는 듯했다. 하지만 안정적인 직장을 그만두고 고시에 도전할 만큼 용기가 나지 않았다. 사상 최대의 인원을 뽑았지만 모두가 합격하는 건 아니니까 말이다. 그때 내 나이 스물 아홉 살. 만약에 직장을 그만 두고 고시에 도전했는데 불합격하면 그저 시집 못간 노처녀 백수가 될 거라는 사실이 두려웠다. 게다가 내 월급의 상당 부분이 우리 집 가계에 기여하는 바도 무시할 수 없었다. 주저주저하다가 결혼을 하게 됐고, 주말 부부를 반대하던 남편의 의견을 무시할 수 없어 결국 뒤늦게 직장에 사표를 내고 지방으로 내려오게 됐다.

돌이켜보면 어차피 그만 두게 될 직장, 조금만 더 일찍 그만두고 많은 인원을 뽑았을 때 도전했다면 좋았을 거라는 후회가 남는다. 그때 나에게는 '노처녀 백수'를 어떻게 볼지 세상의 이목이 더 중요했다. 엄마는 한술 더 떠, '만약 직장을 그만뒀는데 시험은 떨어지고 결혼이 성사되지 않는다면 너는 정말 오갈 데 없는 신세가 되는 것'이라고 겁을 줬다. 그런 우울한 그림의 주인공이 되고 싶지 않아 도전을 포기했다. 백

미터 달리기 출발선에 섰는데 까마득하게 멀어 보이는 결승점까지 한달음에 달려갈 생각을 하니 외려 자신감이 없어져서 기권해버리는 심약한 선수처럼 말이다.

한달음에 갈 생각을 하지 말고, 조금씩 조금씩 내 속도대로 부지런히 가다 보면 언젠가는 결승점에 도달할 수 있을 거라는 믿음을 가졌으면 좋았을 텐데. 혹시 가다가 넘어지거나 예상치 못한 일이 있어 관중석의 누군가는 비웃더라도 툴툴 털고 다시 일어나서 가면 되는 건데 너무 겁을 먹었다. 정작 내가 시험을 준비하고 보게 된 시점에서는 그때만큼 많은 인원을 뽑지 않아 합격하기가 더 어려워졌다. 좋은 기회를 놓치게 되었다는 후회도 들었지만 이미 지나간 일이었다.

살다 보면 무언가를 소망하는 게 두려워질 때가 있다. 너무나 간절하게 원하는 일인데 이루어지지 않았을 때 나를 덮쳐올 실망감, 좌절감, 무기력감이 미리부터 그려지는 것이다. 그래서 아예 바라고 원하는 마음 자체를 덮어 버린다. 기대를 했다가 상처 받을 걸 애초에 차단한다.

남편과 나는 매년 겨울이면 건강 검진을 한다. 귀찮다는 생각도 들지만 거를 수도 없어 서울까지 가서 받는다. 아침부터 검사가 시작되니 보통 새벽에 길을 나선다. 가자마자 가운으로 갈아입으면 그때부터 내 몸은 내 몸이 아니다. 검사 직원들이 시키는 대로 이리 가고 저리 가고, 팔을 들고 숨을 내쉬고 입을 벌려야 한다.

예전에는 이 과정들이 꽤 힘들었지만 요즘은 검사 직원들이 무척 친절하고 사소한 것 하나도 배려를 많이 해줘서인지 제법 견딜 만하다. 흉부 초음파를 하면서 바른 젤을 닦을 때면 따뜻한 물티슈를 건네줄 정도로 사소한 것까지 배려해준다. 살에 차가운 것이 닿으면 싫을 테니 말이다.

이렇게 세심한 배려 속에서도 하기 힘든 검사가 있다. 청력검사다. 처음에는 '삐'하고 큰 소리가 나다가 점점 소리가 작아진다. '삐' 소리가 날 때마다 버튼을 눌러야 하는데 점점 작아지는 삐 소리를 놓칠까봐 할 때마다 긴장이 된다. 잘못해서 청력이 부실하다고 판정되면 어떡하나 걱정이 되는 것이다.

외가 쪽은 일찍부터 청력이 안 좋은 분들이 많았다. 돌아가신 외할머니와 외삼촌, 아직은 정정하신 편인 친정 엄마까지. 보청기를 끼면 된다고 누군가는 쉽게 말하겠지만 이게 생각보다 간단한 문제는 아닌 것 같았다. 우리 귀는 신비하게도 자연의 소리 중 차 소리나 소음은 작게 들리게 해주고 가까이 있는 사람의 말소리를 크게 듣게 해주는데 보청기를 끼면 주위의 모든 소리가 다 너무 크게 느껴져서 힘들다고 한다. 요즘 나오는 보청기는 어떤지 모르겠지만 적어도 내 주위에서 보청기를 끼는 분들의 하소연은 그랬다. 특히 외삼촌은 눈이 심하게 나빠지셔서 책을 보면 어지럽고, 보청기를 끼고 텔레비전을 보면 소리가 너무 커서 거슬리고, 틀니를 껴서 무엇을 먹어도 맛을 못 느끼겠다며 아무 것도 할 수 없는 어려움을 토로하셨다.

건강 검진을 마치고 집에 가는 버스에서 항상 드는 생각은 이렇게 매년 건강 검진을 하고 건강에 관한 이런 저런 조언을 듣고 병에 관한 조그만 단서라도 미리 알아서 치료를 받으려고 몸부림치지만 '늙음'과 '죽음'을 피할 수는 없다는 생각이다. 외삼촌처럼 아무것도 할 수 없는 나날이 누구에게나 오게 된다.

할 때마다 나를 긴장 시키는 청력 검사의 '삐' 소리. 지금은 정상으로 나오지만 분명 세월이 지난 어느 시점부터 '삐' 소리를 듣기 위해 더욱 안간힘을 써야 할지 모른다. 그리고 아무리 안간힘을 써도 작아지는 '삐'소리가 안 들리는 날이 올 것이다. 세월을 붙잡을 수 없는 것처럼 작아지는 '삐'소리도 붙잡을 수 없다.

실망하지 않기 위해 크게 기대하지 않고 노력도 되도록 아껴가며 찔끔찔끔 해 온 나. 모든 것을 걸었다가 아무것도 이루지 못할 걸 두려워해서 이리저리 재고 손실을 최소화하려고 애썼다. 그러다 보니 딱히 무엇을 위해 정말 이 한 몸 불살라봤다고 말할 게 없는 듯하다. 장기적인 목표를 잡고 기나긴 시간 인내하며, 실패할지 모르는 위험을 감수하며 꾸준하게 해본 것은 기억이 나지 않는다. 이렇게 무언가를 소망하는 걸 두려워만 하다가 눈을 감으면 아쉬움이 많이 남을 것이다.

한번은 성당 모임에서 임종을 앞둔 할머니를 위해 기도하는 자리에 갔다. '임종'이란 말이 주는 무게감을 제대로 실감하지 못하고 있다가 누군가 외치는 소리에 오싹 전율이 일었다.

"이제 가시려나 봐요. 항문도 열리고 그랬다는 것 같아요."

그때 처음 알았다. 죽으면 항문이 열린다는 것을. 항문에 힘을 주고 있는 이 원초적인 행위가 사실 살아 있다는 확실한 증거구나. 누구에게 섣불리 '항문'이란 단어를 건네는 것도 조심스러운데, 가장 드러내고 싶지 않은 치부가 죽는 순간에는 여지없이 다 드러난다는 것이 새삼스레 소름끼쳤다. 누구도 피해 갈 수 없는 죽음. 그 앞에서 언제까지 상처 받을 걸 두려워하며 웅크리고 있을 것인지 스스로에게 물어보게 된다. 무언가를 소망하기조차 두려워하는 나약한 나. 언제까지 그럴 건지 아프게 물어본다. '죽음'보다 더 두려워할 것이 무엇인지.

"그 느낌이 정말 궁금했어요. 어 그러니까 저는... 뭔가 실패할 기회조차 없었거든요."

"실패해보고 싶었어요. 실망하고 그러고 나도 그렇게 크게 울어보고 싶었어요."

_김애란 『두근두근 내 인생』 중에서

직장이 없더라도, '경력 단절녀'라도

"안녕하세요? 은수 씨 맞으신가요?"

"네, 전데요."

"아, 여기는 이력서 내신 00 편집회사입니다. 인터뷰를 했으면 하는데요."

00편집회사! 국책 연구소의 사보 대부분을 맡아서 작업하는 유명 편집회사였다. 사보 기자를 모집한다기에 별 기대 없이 이력서를 냈는데 연락이 온 것이다. 대부분의 편집 회사가 젊은 직원을 선호하기 때문에 40대 중반은 서류조차 통과하기 어렵다. 그런데 군소 편집회사도 아니고 탄탄하고 내실 있는 규모 있는 편집 회사에서 면접을 보러 오라고 하니 뛸 듯이 기뻤다.

전날 저녁 내내 면접에서 할 말을 생각하고 또 정리하며 연습했다. 15년 전에 했던 경력이 인정 받아 면접이라도 볼 수 있다고 생각하니 가슴이 뛰었다. 이튿날 회사를 찾아가니 모던하고 깔끔한 사옥이 또 한번 내 맘을 설레게 했다. 직원들 인상도 단정하고 친절해 보였다. 두근거리는 가슴을 진정시키며 먼저 실장 면접을 봤다.

"국립 병원 홍보실에서 근무하셨더라고요. 병원보 담당자로 일하셨던데요."

오래 전 이력을 언급하며 나에 대한 신뢰를 표현해 주는 덕에 자신감을 얻었다. 회사에는 나보다 더 나이 많은 사보 기자도 있다면서 나이는 문제가 되지 않는다고 했다. 최대한 열심히 잘 할 수 있다는 열정을 표현하며 열심히 면접을 봤다. 실장 면접을 좋은 분위기에서 마치고 이번엔 대표 면접을 볼 차례였다.

대표는 회사에 대한 자부심이 대단한 사람이었다. 높은 단가에도 불구하고 회사나 연구소가 자기네 기획과 편집에 대한 선호도가 높아서 이 불황기에도 일거리가 넘친다고 했다.

일이 많다는 건 행복한 고민이긴 한데 문제는 잦은 야근과 높은 업무 강도가 요즘 '워라밸'을 추구하는 젊은 세대에게는 좀 맞지 않는지 못 견디고 나가는 젊은이들도 있다고 했다. 대표의 이야기를 들으면서 슬금슬금 걱정이 밀려들기 시작했다. 딸린 식구 없는, 젊은 사람들도 못 버티고 나가는 업무 강도를 애 둘을 키우면서 감당할 수 있을지 스스로 의문이 들었다. 결정적으로 대표의 질문에 말문이 막혔다.

"야근 같은 거는, 괜찮은가요?"

야근, 야근, 야근. 둘째가 눈에 밟혔다. 언니가 학원에서 늦은 시간에 오면 밤늦게 혼자 있어야 하는 둘째. 이제 겨우 초등 저학년 티를 벗은 둘째가 밤에 혼자 있을 수 있을까? 닥치면 한다는데 할 수 있지 않을까? 아니, 유난히 겁이 많아서 아직도 잘 때 엄마 없으면 쉽사리 잠이 들지 않는 아이가 너무 힘들지 않을까? 엄마랑 먹는 저녁 시간을 각별하게 생각하는 첫째도 걱정이다. 저녁 시간에 나와 이야기 나누는 걸 중요하게 생각하는 아이라 내가 먼저 식사를 하고 일어서면 "엄마, 잠깐만 앉아 있어줘"라고 애원하는 아이가 아닌가. 그런 아이에게 동생과 둘이 알아서 저녁을 차려 먹으라고 하면 뭐라고 할까? 매일 늦게 들어오는 아빠를 기다리는 것에도 이골이 난 아이들에게 이제 엄마까지 기다리라고 해도 되는 걸까? 이런 저런 생각을 하느라 처음 면접에 임할 때 보여줬던 집중력이 급격히 떨어지기 시작했다.

마음 같아서는 '얼마든지 야근할 수 있습니다.' 패기 있게 대답하고 싶었다. 내 한몸 힘든 거는 견딜 수 있을 것 같았다. 하지만 엄마를 애타게 기다리는 아이들이 상상이 되어 선뜻 입이 안 떨어졌다. 야근 한다는 것도, 못 한다는 것도 아닌 애매한 대답을 하면서 면접은 마무리되었다. 처음에 보여줬던 열정적인 태도는 흐지부지 사라지고 내가 면접관이어도 못 미더운 태도를 보여줬다.

면접 장소를 나서면서 '안 되겠구나.' 생각이 들었다. 집에 와서는 후회가 되었다. '아이들이야 어떻게든 크겠지, 일단 주어진 기회를 최대한 잡았어야 했는데'라는 생각이 들었다. 왜 나는 자꾸만 오는 기회를 이렇게 놓치는 걸까? 스스로에게 화가 났다. 원하는 걸 이루기 위해서는 가지치기하는 능력도 필요한데 이런 저런 계산을 다 하다 정작 중요한 걸 놓치는 것 같아서 답답했다.

우울한 마음을 달래기 위해 아이들과 훌쩍 영화를 보러 길을 나섰다. 『그것만이 내 세상』이란 영화였다. 아마 젊었을 때 봤다면 또 가족주의구나, 신파구나, 어디선가 본 듯한 플롯이구나 하면서 비판을 해댔을지도 모른다. 그런데 영화 속 어머니가 서번트 증후군을 앓는 아들의 피아노 연주를 보면서 눈물짓는 장면에서 엉엉 울고 말았다. 장애를 갖고 태어난 아들을 키우면서 그 엄마가 얼마나 가슴앓이 했을지 상상이 되고 그럼에도 불구하고 그 아들이 행복하기를 얼마나 갈망했을지 짐작이 되었기 때문이다.

나도 모르게 '나도 그래, 나도 그래.' 마음속으로 외쳤다. 아이들이 행복하게 사는 것이 나에겐 너무도 중요했던 것이다. 누구는 '엄마로 살지 말고 자아를 찾아라.' '자식들만 바라보면 나중에 공허하다.' '노력해서 엄마 말고 다른 명함을 가져라.'라며 엄마로 사는 삶이 모자라고 부족한 삶의 대명사인양 표현한다. '경력 단절녀'라고 좌절하지 말고 이렇게 저렇게 노력해서 빨리 직장을 잡으라고 한다. 하지만 사회적인 성취를 추구하는 선택 못지않게 엄마 자리를 선택하는 이들의 판단도 존중되어야 하지 않을까. 아이들 곁을 지키고 싶은 엄마들의 애틋한 마음도 소중한 것이다. 내가 면접에서 주저하고 모처럼 찾아온 일자리도 마다했던 건 내가 의지가 부족하고 못난 인간이라 그런 것이 아니었다. 나에겐 아이들 곁에 있는 일이 중요했던 것이다. 남편이 일찍 퇴근해서 내 자리를 대신할 수 있다면 좋으련만, 당장 현실적으로 그런 기대를 하긴 어려운 상황이니 말이다.

지난주, 인근 도서관에서 진행하는 『문학 작가 프로그램』 수업에 갔다. 혼자 책을 읽고 글을 쓰는 것도 의미 있지만 수업을 통해 창작을 배우고 다른 사람들의 평을 통해 내 글쓰기를 돌아보는 시간을 갖고 싶었다. 조금 늦어서 헐레벌떡 도착한 강의실에는 내 또래의 여성들, 조금 더 나이든 여성들 몇몇과 젊은 여성 두어 명이 앉아 있었다. 그런데 강사는 너무 젊어 보였다. 데뷔한 젊은 작가라는데 솔직히 의구심이 들었다. 저렇게 젊은 사람이 인생에 대해서, 문학에 대해서 뭘 가르칠 수 있을까?

조금은 의심스런 마음으로 첫 수업의 오리엔테이션을 건성으로 듣고 뒤풀이 자리에 참석했다. 그런데 나이가 한참은 더 많아 보이는 옆 자리에 앉은 분들이 문학에 대해 열정적으로 토론을 나누기 시작했다. 들어본 적 없는 무수히 많은 작가를 열거하며 누구의 문장은 너무 묘사가 뛰어나고, 누구의 작품에 나오는 인물은 너무 특별하다고 감탄했다. 누구 작품을 읽을 때는 밥 먹는 것도 잊어버린다는 이야기도 들렸다.

나이도 나보다 훨씬 많아 보이는데 문학에 대한 소녀 같은 열정으로 눈이 반짝이는 분들을 보는 건 신선한 충격이었다. 옆 자리에 앉은 젊은 작가 선생님의 이야기도 놀라웠다.

"허먼 멜빌의 『모비딕』이 그가 생전에 활동했던 당시에 몇

권이나 팔렸는지 아세요?"

"5만 권? 10만 권?"

"많이 안 팔렸으니까 물어보는 거겠죠? 1000권?"

여기저기에서 대답했다.

"열 한 권 팔렸습니다. 열 한 권."

너무 의외의 대답에 모두들 조용해졌다.

"여러분, 작가가 되는 건 누가 상을 주거나 책이 많이 팔려서 되는 게 아닙니다. 내가 작가라고 생각하고 오늘 하루 내 일감을 채우면 그 사람이 작가예요. 오늘 하루도 원고지를 채우는 사람이 작가라는 겁니다. 세상이 작가라고 인정해주는 것이 중요한 게 아니에요. 내가 오늘을 사는 게 중요한 거죠."

젊은 사람이라고 조금 얕잡아 보는 마음이 들었던 게 부끄러웠다. 그렇다. 나는 '경력 단절녀'를 벗어나서 그럴 듯한 명함을 갖는 데만 집중하고 있었다. 사실 아이들 키우는 걸 누구보다 중요하게 생각하면서도 인정을 받고 싶어서 일단 어떤 명함이든 손에 쥐려고 했다. 그러다 보니 정작 '아이 키우기'와 '직장 갖기'가 서로 부딪칠 때면 이러지도 저러지도 못했고, 그렇게 선택을 못하면 또 재빠르게 선택을 하지 못했다고 자신을 탓했다. 악순환이었다.

이제 나는 '경력 단절녀'를 벗어나 직장 갖는 걸 지상 과제로 삼지 않는다. 아이들을 키우면서 할 수 있는 일이 있다면 기꺼이 하겠지만 설혹 그런 기회가 오지 않더라도 내 자신이 무능한 존재라고 생각하지 않을 거다. 경제적인 이익이 발생하지 않더라도 얼마든지 할 일은 많다. 내 능력을 봉사활동 하는 데 쓸 수도 있는 거고, 관심 분야를 꾸준히 배우며 성취감을 느낄 수도 있다. 아무도 알아주지 않더라도 책 읽고 글 쓰는 삶을 살며 만족할 수도 있다. 사실 『나이듦 수업』을 쓴 고미숙 작가는 자본주의 사회에서 화폐가 모든 가치를 몰수하고 있다며 돈 버는 직장을 갖는 것이 삶의 목적이 될 수 없다고 강조했다. 노년에 필요한 건 우정과 철학뿐이라며 이미 오래전 그리스 시대의 현자들이 밝힌 내용이라고 덧붙였다.

아이들을 키우다 훌쩍 중년에 들어선 엄마들이 느끼는 감정은 복잡하다. 그래도 내 나름대로 배웠고 한때는 자신의 커리어도 쌓았는데 이제 와서는 무능력한 사람 취급 받는 게 참 억울하다. 결혼이란 걸 왜 했을까 허망하고 오죽하면 밥 먹는 남편 뒷모습을 보면 등짝을 한 대 치고 싶다는 사람도 있다. 뜻대로 크지 않는 자식들을 보며 좌절감도 느낀다.

이 감정의 소용돌이를 두려워하지 말고 받아들여야 한다. 이 통과의례를 겪고 나면 자신이 해야 하는 것, 할 수 있는 것, 하고 싶은 것이 어느 정도 윤곽이 드러나 마음이 정리가 된다. 더 이상 할 수 없는 일에 목매는 부질없는 짓도 하지 않고 해야 하는 것을 놓치는 우를 범하지 않는다. 마음속에 소중히 간직했던 하고 싶었던 일을 뒤늦게 찾아서 당장 이루지 못하더라도 준비한다. 준비하는 과정의 즐거움을 안다. 내 뜻대로 크지 않는 자식들에 대해서도 내려놓고 믿고 기다린다. 아등바등 아이의 영어 학원 레벨을 한 단계라도 높이려고 아이의 등을 떠밀었던 지난날을 반성할 줄도 안다.

중년의 오늘 하루를 감사하며 채워나가는 것이 얼마나 중요한지 깨닫게 된다. 그렇게 엄마가 된다, 오늘을 산다.

빙그레 웃을 수 있는 날.
문득 그런 날이라고 느껴질 때…

오늘 창문을 여니 바람에 봄 내음이 실려 온다. 글을 쓰기 시작할 때는 겨울 바람이 제법 매서워지기 시작할 무렵이었는데 어느새 봄이 성큼 다가와 있다.

기나긴 글쓰기 여정을 마치는 기분은 홀가분하기보다 새로운 시작이란 생각에 가슴이 더 묵직해진다. 글을 쓰다 보니 하루하루가 예전과 다르게 느껴졌다. 나에게 일어나는 사소한 사건, 아이들과의 대화, 신문 기사, 주변 사람들과의 수다까지 어느 것 하나 그냥 지나칠 수 없었다.

어릴 적 기억을 하나하나 꺼내서 들여다보니 내가 어떤 사람인지 더 잘 알 수 있었고 아직도 해결하지 못한 나의 내면의 과제도 돌아볼 수 있었다.

'만약에 나도 부모님한테 따뜻한 사랑을 받고 컸더라면'이라는 생각을 반복하며 내가 나를 괴롭혀 왔음을 깨달았다. 주변에 무언가 큰일을 이룬 사람들은 대게 어려운 환경 속에서도 어머니나 아버지, 아니면 할머니에게라도 넘치는 사랑을 받은 사람들이란 생각에 안정적인 사랑을 받지 못하고 큰 나는 아무것도 할 수 없을 거라는 무력감에 시달리기도 했다. 어린 시절 받는 절대적인 지지와 사랑이 평생을 살아가는 데 얼마나 큰 동력이 되는지 알면 알수록 상실감은 더욱 커져만 갔다.

하지만 글을 쓰다 보니 부모님이 나한테 알게 모르게 많은 사랑을 주셨다는 생각이 들었다. 그분들 또한 삶이 힘들고 팍팍해서 마음에 없는 모진 소리도 하시고 육아에 대해 지금처럼 대중화된 지침이 있는 것도 아니었기에 실수도 하셨던 거다. 연로해 가는 부모님을 원망하며 나를 괴롭히는 것은 누구에게도 도움이 되지 않는다. 먼저 내가 나를 위로하며 다독여줘야 한다.

또 남편과 아이들에 대한 이야기를 쓰다 보니 내가 얼마나 가족을 사랑하고 소중하게 생각하는지 뒤늦게 느꼈다. 결혼과 출산, 육아로 잃은 것들만 생각하며 계산기를 두드렸던 내 모습이 부끄럽기도 했다. 남편과 아이들에게 받은 게 숨 막힐 정도로 많은데 말이다.

우리 아이들은 그리 특별한 것 없는 '엄마'를 너무나 좋아해 준다. 엄마가 왜 좋냐고 하면 눈을 동그랗게 뜨며 엄마를 좋아하는데 이유가 있어야 하냐고 되묻는 사랑스러운 아이들. 그저 엄마 옆에 있으면 따뜻해서 좋고 엄마와 이야기 나누면 즐겁다는 아이들. 그리고 내가 뭔가를 시도할 때마다 잘 될 거라며 든든한 지원군이 되어 주는 남편. 이렇게 나를 아껴주는 가족들을 두고도 행복하다는 생각보다는 내 인생의 불행과 불운을 들춰내며 괴로 워했다.

임용고시만 붙었다면, 서울에 집을 장만했더라면, 그때 주식을 샀더라면 등등의 끊임없는 속물적인 가정을 하며 '그랬더라면 행 복했을텐데'라는 생각을 멈추지 못했었다. 지금 현재 내가 갖고 누리고 있는 것은 보지 못한 채 의미 없는 가정과 후회를 반복했 던 것이다.

이제 부모님에 대한 원망도 멈추고 내가 받지 못한 것을 한탄 하기보다는 그래도 내가 받았던 것을 되새기며 힘을 내보고자 한다.

봄은 오고 있지만 아직 내 인생에 드라마틱한 변화가 오지는 않았다. 지난달에 꼭 가고 싶었던 직장에 서류가 통과되어 면접 을 봤지만 채용되지 못했고 아파트 청약도 떨어졌다. 방학 때는 편안해 보였던 아이가 개학이 다가오자 다시 두려운 학교 생활이 시작된다고 불안에 떠는 모습도 지켜봐야 한다. 일에 치인 남편 이 줄곧 지친 얼굴로 밤늦게 퇴근하는 모습을 보며 같이 기분이 가라앉기도 하고 내가 사는 집 빼고는 다 값이 오르는 것 같은 부 동산 풍경에 의기소침해지기도 한다.

중년의 많은 가정에서 아이들은 순탄하게 크지 않아 부모 속을 썩이고 그 와중에 중년의 부부는 자신들의 노후 걱정, 노부모 걱 정도 해야 한다고 하소연한다. SNS에서는 '나 너무 행복해요' 광고를 하지만 익명 게시판으로 들어가 보면 전혀 다른 세상이다. 소소하게 몰려드는 가정 안팎의 문제를 해결하며 마음 고생을 한다.

익명 게시판에는 한숨이 가득하다. '그냥 눈뜨니 사는 거다. 아무 낙이 없다'는 비슷한 또래 주부의 글을 본 적이 있다. 40대 중년 여성의 삶이 호락호락하지 않음을 느꼈다. 30대 여성들은 최근 더 대두된 '여성'을 둘러싼 사회 제도나 풍토의 문제를 지적하며 일자리를 찾아 집을 박차고 나가기도 하지만 40대 여성들은 있던 직장에서도 위협받는 마당에 새로운 양질의 일자리를 구하기 힘들다. 하필 사춘기 자녀의 방황도 감당하기 힘든 지경까지 가기도 한다. 그 와중에 남편의 퇴직은 시시각각 다가와서 경제적인 압박도 느끼게 된다.

현실적인 조건에 매몰된다면 익명 게시판의 주부처럼 사는 낙을 찾기 힘들 수도 있다. 하지만 마음을 어떻게 갖느냐에 따라 일상은 전혀 다른 나날이 될 수도 있다. 무표정한 일상에 생기를 불어넣는 것은 극적인 사건이 아니라 내 마음과 의지이다. 외부에서 어떤 사건이 빵 터져서 내 인생이 바뀌기만 기다리고 있을 수는 없다.

아이들도 평탄하게 자라고 부부가 하는 일도 모두 순조롭게 이루어지고 아무도 아프지도, 다치지도 않고 경제적으로 늘 풍족하고…. 대부분의 사람들이 이런 삶을 꿈꿀 것이다. 『즐거운 나의 집』 가사 같은 삶을 말이다. '즐거운 곳에서는 날 오라 하여도 내 쉴 곳은 내 집뿐이리'라는 노래 가사와 같은 집이 늘 모두에게 주어지는 것일까? 사실 이 노래의 작사가는 평생 독신으로 살면서 한 번도 집을 가져보지 못했던 사람이라고 한다. 기쁨과 환희만 가득 찬 『즐거운 나의 집』은 고독하고 외로운 영혼이 만들어낸 환영 속에서 나온 것이다.

머릿속 환영과 내 현실을 비교하며 스스로 마음에 지옥을 만들지 말자. 당신의 삶에, 나의 삶에 수시로 닥치는 시련은 우리 마음의 '근육'을 더 단단하게 만들고 결국에는 더 행복하게 해줄 것이다. 삶의 외부적인 조건에 이리저리 휘둘리지 않고 자기만의 길을 개척할 줄 아는 사람으로 거듭나게 해 줄 것이다. 꽃길만 걸어본 사람은 알 수 없는 인생의 의미를 찾고 빙그레 웃을 수 있는 날. 문득 그런 날이라고 느껴질 때 이 책이 기억 한편에 떠오르기를.